妖怪公寓 10

妖怪アパートの幽雅な日常

香月日輪

佐藤三千彦◎圖　葉韋利◎譯

歡迎光臨 妖怪公寓

房客介紹

妖怪公寓（又稱「壽莊」）：

是一棟看起來非常古舊、彷彿隨時會倒的老房子。在這棟房子的結界內，原本看不見的東西會變得比較容易看見，原本摸不到的東西也會因此而摸得到。好幾層次元在此重疊、交錯，也因此，這裡變成了附近所有妖怪的「社區活動中心」！

房東先生：

長得像顆特大號的蛋，矮胖的身體上有一對細小的眼睛。烏黑的身上穿著白色和服、纏著紫色腰帶。而那小得不能再小的可愛雙手上，抓著寫有租金的大帳簿。

【一〇一號房】麻里子：

性感的美女幽靈，有著大大的眼睛、可愛的鼻子，身材好得讓人噴鼻血！但因死了太久，常忘記自己是女人，全身光溜溜地走來走去。

【一〇二號房】一色黎明：

人類。他是詩人兼童話作家，作品風格怪誕，夕士是他的頭號粉絲。他有一張有點痴呆、像小孩的塗鴉般簡單的臉。

【一〇三號房】深瀨明：

人類。他是畫家，養了一隻大狗西格。他常常全身上下裹著皮衣、皮褲，騎重型機車，以打架為消遣……不管怎麼看，實在都像個暴走族。

【二〇二號房】稻葉夕士：

人類，条東商校的學生，將升上三年級。國一時爸媽車禍過世，變成孤兒的他個性也變得很壓抑。原本因貪便宜而住進「妖怪公寓」，結果從此卻愛上了這裡。

【二〇三號房】龍先生：

人類，是莫測高深的靈能力者，妖怪見了就怕。他看起來永遠都是二十四、五歲，身材修長，一頭飄逸長髮束在身後，是個非常有型的謎樣美男子。

【二〇四號房】久賀秋音：

人類，食量奇大無比。她是除靈師，兩三下就能把妖怪清潔溜溜，從鷹之台高中畢業後，要去唸四國的看護學校。會有一位「貓婆」來代替她當夕士的訓練師！

【二〇八號房】佐藤先生：

妖怪，在一家大型化妝品公司工作了二十年，誇口自己在女職員之間人氣NO.1！

【二〇九號房】山田先生：

妖怪，負責照料妖怪公寓的庭園，模樣像個圓滾滾的矮小男人。

房客介紹

舊書商：
咖啡色頭髮垂肩，戴圓框眼鏡。身上穿著舊舊的牛仔裝，皮帶頭上扣著銀色釦環，還戴了項鍊和手環，長滿鬍碴的嘴邊叼著菸，感覺就像是古時候的流浪漢。

骨董商人：
「自稱」是人類，身旁跟著五個異常矮小的僕人。輪廓很像西方人，留著短短的八字鬍，左眼戴了一個大眼罩，右眼則是灰色的。給人的感覺相當可疑。

琉璃子：
妖怪，是妖怪公寓裡的害羞天才廚娘，做的料理超～級美味！總是隱身在廚房裡，永遠只看到她忙著做飯的「一截」纖纖玉手。

小圓：
處於靈體物質化狀態。年紀大約才兩歲，眼睛圓滾滾的，長得很可愛，但身世淒涼，令人鼻酸。身旁有一隻也是處於靈體物質化狀態的狗——小白忠心守護著。

長谷泉貴：
從小和夕士是死黨，也是夕士唯一的朋友，他心思細膩，和天真的夕士個性完全相反。以頂尖成績考上升學名校的他，野心是奪走自己老爸位居要職的公司。

翻開魔法之書

使魔介紹

【被封印的魔法之書】《小希洛佐異魂》：
夕士從舊書商那裡得到的魔法書，簡稱「小希」。大小跟字典差不多，黑色皮革封面，只有二十二頁，每頁都畫了一張圖，圖上分別有從一到二十一的羅馬數字，最後一頁則是一張印了「0」的圖。目前只有十四個使魔出場。

【愚者】富爾（0）：
「0之富爾」，是《小希洛佐異魂》的介紹人，非常彬彬有禮。身高才十五公分左右，頭上戴著類似軟呢帽的東西，穿著緊身褲襪，看起來很像中世紀的小丑。

【魔術師】金（I）：
萬能精靈，也就是所謂的「阿拉丁神燈精靈」。是一個身體硬朗的禿頭大叔，穿著也真的像是從阿拉丁神燈裡面出來的精靈一樣。

【女祭司】潔露菲（II）：
風之精靈，出現的時候，四周會颳起一陣風，可是風力不太強。

【皇后】梅洛兒（III）：
水之精靈，會使空盪盪的空間突然閃閃發光，水便開始從亮光之中滴落。只是水量通常不大。

【戰車】希波格里夫（Ⅶ）：

神之戰馬，是黑色的獅鷹，能夠在瞬間奔馳千里。體型比馬大了好幾倍，有著一張像爬蟲類一樣嚇人的臉。

【正義】荷魯斯之眼（Ⅷ）：

看穿惡魔的神之眼。現身時，一顆跟排球差不多大的巨大眼球會出現在空中。它能把看到的東西全都記憶起來，且之後可重新播放看過的記憶，就如同攝影機一樣！

【隱者】寇庫馬（Ⅸ）：

貓頭鷹一族，負責侍奉智慧女神米娜娃，掌握了世界上所有的知識。富爾稱牠「隱居大爺」。牠雖然是智慧的象徵，但是年紀大了記性不好，什麼事情都馬上就忘光光，而且有點痴呆，老是在打瞌睡。

【命運之輪】諾倫（Ⅹ）：

代表斯寇蒂、丹蒂、兀爾德三位命運女神，她們出現時帶著一個大大的黑甕，甕中裝著類似水的液體。而諾倫則是結合三人的力量所進行的法術，如：占卜、透視、模擬巫術等等。

使魔介紹

【力量】哥伊艾瑪斯（XI）：

石造精靈人偶，是一尊羅馬戰士風格的石像，將近三公尺高。不過，它的活動時間只有一分鐘左右，一次使出的力量總和是三公噸。

【吊人】凱特西（XII）：

貓王一族，就是「穿長統靴的貓」。外型是一隻黑貓，大概有中型狗那麼大，還拿著一根菸管。不但很懶散，也是一隻愛騙人的貓。

【死神】塔納托斯（XIII）：

死亡大天使一族，專門侍奉冥界之王。身高像個小孩，穿著黑灰色袍子，拿著一把小鐮刀。在袍子底下看不見臉，裡面是全黑的，感覺很陰森，只不過，預言能力趨近於零。

【節制】西蕾娜（XIV）：

吟唱咒歌的妖鳥，是一個麻雀般大小、人面鳥身的女人，也就是「鳥身女妖」，只有臉是人類的臉，身上覆滿了純白的羽毛，在黑暗之中會發出朦朧的光芒。她的歌聲宛如鳥囀，充滿了不可思議的震撼力。

【惡魔】刻耳柏洛斯（XV）：
地獄的食人狼，現身時，會放出劈哩啪啦的青白色雷電。然而，牠現在還只是一隻非常可愛的「小狗」，再過兩百年才會長大。
【高塔】伊達卡（XVI）：
雷之精靈，現身時，空中會放電。可是，他的力量只有一瞬間，而且電壓也不怎麼高。
【月亮】薩克（XVIII）：
守護月宮的毒蠍子，現身時，會劃過一道青色的閃電。被薩克附身者，將會身體麻痺無法動彈。
【太陽】伊那法特（XIX）：
光之精靈。現身時，極其強烈的光芒瞬間綻放，如同太陽一般的金黃色光芒照亮大地。
【審判】布隆迪斯（XX）：
在最後的審判中喚醒死者的神鳴。連死者都能喚醒的天神喇叭，會造成一股巨大衝擊波「咚哐——」，每次都會把附近的玻璃窗全部震破，但是這對壞人很有嚇阻力量。

在妖怪公寓壽莊的一年又要結束了。

除夕。一如往年，一大群真正的妖魔鬼怪大舉來訪，我跟長谷就像小媳婦，跟大夥兒擠著圍爐。

所有不好的事都隨著火鍋的蒸氣和大家的笑聲，飄散在除夕的空中不知去向……簡直就像年底的驅邪活動。今年一樣走過風風雨雨，但既然在這一瞬間感到幸福，這樣就好。

繼群魔鬼怪來訪，妖怪公寓的房客骨董商人和舊書商也回來了。走遍世界（所謂的「世界」也形形色色）做生意的他們，大多時候都不在妖怪公寓裡。回上海的骨董商人帶回一大堆大閘蟹（說「回上海的骨董商人」實在太超過，有點可笑。這個戴著詭異眼罩的外國人，好像跟東洋有很深的淵源，這一點也讓人沒來由地覺得好笑）。

「讚啊——!!」

看到堆成一座小山的大閘蟹，尤其那些大人，詩人一色黎明、畫家深瀨明，還有妖怪上班族「佐藤先生」，以及妖怪托兒所保母「麻里子」，眾人齊聲歡呼。

「蟹膏！把蟹殼剝下來加酒跟蟹膏一起煮！快拿酒!!」

「還是清蒸好啦，配上琉璃子特製的生薑醋……對吧。」

「我想吃蟹黃炒豆腐！」

「還有我還有我！我要點一道蟹肉炒飯！」

面對七嘴八舌點菜的那群大人，我也不落人後提出自己的要求。小圓模仿我的樣子，不發一語高舉著手。旁邊的長谷偷偷低喃著：「我也想用蟹殼喝蟹膏酒哪。」嗯，這種時候我不會吐槽說他根本還未成年啦。立志當個宇宙超級商場高手的長谷，接受了他那宇宙超級商場高手老爸各式各樣的「商務入門知識」，早就跟酒結下不解之緣。

結果一群大人就配著「蟹黃炒豆腐」和「清蒸蟹」這兩道下酒菜，一邊把紹興酒倒進蟹殼內，拌著蟹膏加熱小酌了起來。

「哎呀——讚到爆！」

畫家讚不絕口，詩人那張宛如塗鴉的臉也笑了。

「這股香味……整個人都要融化啦！」

「蟹黃豆腐，再多都掃光光！」

對蟹膏酒的口味不太了解的我，倒很清楚蟹黃炒豆腐的滋味。清淡的豆腐搭配濃郁的蟹膏，變化出難以言喻的深層風味。透過天才廚娘琉璃子的手，仔細把蟹肉先挑出來，讓我們可以大快朵頤。漂漂亮亮盛在萵苣上的蟹肉，淋上琉璃子特製生薑醋，被我們一群人鬧烘烘地吃掉。這實在太奢華啦！加入大量蟹肉的「蟹膏芡汁蟹肉炒飯」堪稱一絕!!

「嗚喔喔喔～太、太好吃啦啦啦～～～!!」

等不及用調羹慢慢吃，直接抓盤子就口，把食物掃進嘴裡。

「不需要自己拿著一塊螃蟹猛啃，真是太好啦。」

看著聳聳肩的麻里子，我和長谷也不住猛點頭。

「像鱈場蟹之類的自己從殼裡挖出肉來吃，倒是別有一番滋味啦，不過鱈場蟹其實也不是螃蟹。」

「因為大閘蟹肉不多嘛，反倒是蟹膏味道好極了。」

邊說邊抓起蟹殼喝了一口酒的模樣，的確符合詭異形象的骨董商人。

琉璃子除了螃蟹料理之外，還做了外皮香脆的「鍋貼」、美味多汁的「小籠包」，以及「蠔油青江菜」等多項菜色。這可是在妖怪公寓中少見的中菜全席。無論日本料理、西餐、中菜都無人能敵的超級廚師琉璃子，在大家吃得讚不絕口的同時，她在一旁開心地繞著白皙纖細的手指。

在除夕群魔妖怪打道回府之後，從年終尾牙切換到新年春酒的同時，這下子換舊書商提著一大尾石斑魚，一群酒鬼又歡聲雷動。

「石斑鍋——！」

大家才剛吃過一輪火鍋耶。

「哎呀呀，還是該做成薄切生魚片才對！」

「別忘了紅燒魚頭！」

石斑是屬於鮨科的魚類，外型大而粗獷，但白肉細緻鮮美，是一種高級魚。

「剛好去了日本西部一趟。」

「這次不是印度還安地斯山哦？」

舊書商笑著搔搔頭。

「在四國還跟秋音碰了面哦。」

「她好嗎？其實不用問也知道，她一定很好嘛。」

大夥兒都笑了。

「她念念不忘的就是琉璃子做的菜。再來是擔心小圓和夕士，至於其他人好像都無所謂。」

大家聽完又是一陣大爆笑。

公寓裡的元旦晚餐決定就吃石斑鍋。從這一刻就充滿期待。

目錄

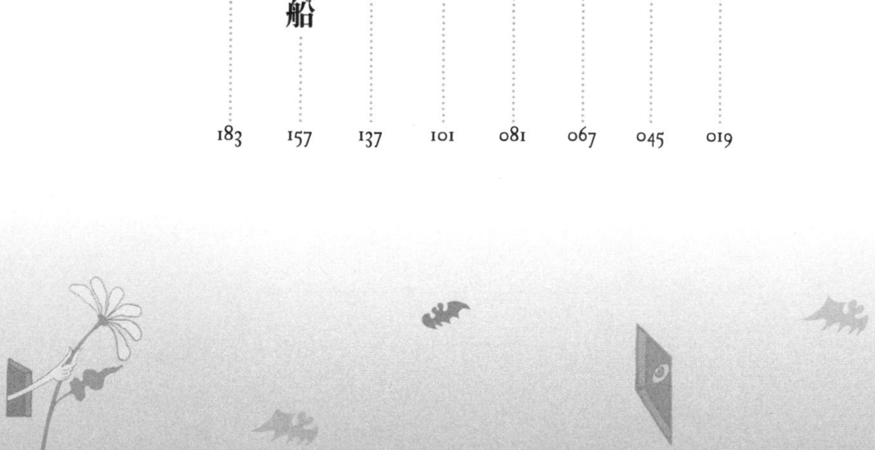

梅雨季初的南風

「新年快樂──！」

「今年也請多多指教！」

大夥兒手捧新年的酒乾杯，吃著琉璃子做的年菜，一下子就進入新春的氣氛，心情煥然一新。

在罩上一層薄薄白雪的公寓院子裡，一群小雪人不知道要往哪裡去，小圓和小白透過賞雪的拉門望著那幅景象。

一大群人圍著料理的溫暖客廳。大家聊著去年發生的種種，還有今年即將到來的事，話題講不完。天南地北聊，加上新年酒、清湯鹹稀飯，身體由內到外都暖呼呼。

「夕士和長谷也快畢業啦。」詩人感慨萬千地說。

「真快呀。看別人的小孩都長得很快。」

佐藤先生原本細長的眼睛這下子瞇得更細了。

「只是高中畢業而已，我接下來還是會住在這棟公寓啦。」我搔搔後腦袋。

「我接下來也還是會不時出入。」長谷說道。一群大人聽了大笑。

「已經不用去學校了嗎？」

長谷回答麻里子：「因為我在第二學期已經修完該修的學分，要繼續升學的人之後只剩畢業典禮當天去學校，而且中心考也已經快到了。」

「對了，夕士要繼續升學，念民族學之類的吧？中間有什麼心境上的變化呢？」

骨董商人僅存的一側灰色眼珠子睜得大大的，讓我有點難為情紅了臉。

「呃……只要住在這裡……再怎麼樣都會對那方面產生興趣吧？」

「啊哈哈哈哈！」

「沒錯！」一群大人開懷大笑。

我就在這樣敞開的胸懷中成長，其中一項成果將在這個春天呈現。

不急著找工作，改走升學之路。即將展開一段連我自己也想像不到的新生活。

（只要大考別落榜……？嗯，沒問題，沒問題。）

就像咒語似的，不斷說給自己聽。一遍接著一遍。身旁的長谷露出穩重的笑容。

對了，把年底和新年所有計畫全都排除在外，來到妖怪公寓的長谷，在耶誕節之後接到一通電話就開始愁眉苦臉，那通電話是他爸爸長谷慶二打來的。

掛掉手機之後，長谷嘆了口氣。

「怎麼了？」

「老頭子好像不太妙。」

「啊，果然是這樣嗎？」

看著長谷的撲克臉，我露出苦笑。記得去年，應該是今年的新年，人在妖怪公寓的長谷也收到消息，說他爺爺住院了，要他立刻去仙台探望。看著無言表達著「為什麼一下子就要走掉？」的小圓，長谷告訴他「馬上就回來」，但小圓根本聽不進去，還罕見地發了場脾氣。為此事飽受打擊的長谷實在也太莫名其妙……不，是太令人同情（結果後來他也沒再回來）。

「又要去仙台？」

我這麼問，長谷稍微抿著嘴回答。

「嗯……好像沒那麼嚴重。這次沒叫我去探望。」

「這樣啊？那不是很好嗎。」

「嗯。」

或許因為有上次的經驗，長谷不知道是擔憂還是特別謹慎。

結果後來長谷也沒因為爺爺的事被找去，不知道是不是他老爸也為他著想呢？好一陣子不斷瞄著手機，呈現「備戰狀態」的長谷，直到骨董商人帶著大閘蟹出現時才解除戒備，之後就打從心底享受著滿桌豐盛的料理。

元旦。五點鐘。

「今年也請多多指教！」

我向我的靈力訓練師，貓婆婆桔梗拜年。桔梗鼓起長著鬍鬚的腮幫子。

「今年也要精神飽滿，繼續努力哦！」

「好的！」

我們來到公寓地下岩洞溫泉旁，瀑布周圍的空氣帶點刺激，讓人繃緊精神。我在瀑布衝擊下展開今年的「首次水行」。

我猜今年我還是在這樣的狀況下迎接早晨吧。即使考上大學，成了大學生，在妖怪公寓裡的生活仍舊持續不變。

結束早晨的修行，瀑布周圍的藍天已經漸漸染成金黃。

和去年一樣，公寓裡的大夥兒來到這裡參拜朝陽；和去年一樣，我和長谷一起看日出，然後相視而笑，就和去年一樣。

睡個回籠覺，到接近下午時起床。

「好暖和哦。」

長谷說。我也不知不覺冒了汗。

打開窗戶，天空一片陰沉沉，吹進一股溫暖溼潤的風。氣候潮溼的元旦，感覺就像進入梅雨季之前的氣候。

「天氣真怪……」

昨天晚上才下過雪，過了一個晚上居然變得暖和，而且還有一陣似乎帶著腥味的風，感覺真詭異。

「怎麼說都太不規則了吧，難得是一年之初耶。」

「就是說呀，應該要像瀑布周圍的空氣，更冰涼刺激一點嘛，畢竟一年才剛開始……」

我和長谷聊起來，但這些事到了青鮒生魚片配白味噌年糕湯的午餐面前，一瞬間全變得無所謂。

「再這樣繼續吃大餐一定會肥死～」

長谷雖然皺起眉頭，筷子可沒停下來。

「今天晚上還有石斑鍋耶！」

「那個石斑魚看起來好好吃哦。」

連續喝了超過十二個小時，那群不良大人終究還是不支倒地，各自回房狂睡，妖怪公寓裡的客廳靜悄悄。琉璃子插的花搭配松樹的綠和南天竹的紅，十分鮮豔。小炭爐上烤的年糕膨脹得圓鼓鼓，小圓專心致志地盯著，屋裡頓時彌漫著年糕香。小白則在暖地毯上舒服地伸展。

我和長谷有一搭沒一搭地看著音量調小的春節特別節目。

這時，客廳門口突然冒出個黑影。

「是龍先生嗎?!」

妖怪公寓中「大概是人類」的房客——龍先生。這位據說是高階靈能力者的龍先生，待在公寓裡的時間也不多。老是「因公」外出。至於他辦什麼公事，我一無所知。

「嗨，新年快樂呀。長谷也是。」

「怎麼啊？好像……」

我忍不住衝到龍先生身邊。

他身材瘦高，一身從頭到腳做黑色裝扮，長相帥氣宛如藝人，不僅如此，還具備高深智慧和絕佳修養，渾身也散發出一股特異人士獨有的氣質。同時，告訴我「你的人生還很長，世界也無比寬廣。放輕鬆一點吧。」這個道理的也是他。

不過，龍先生今天的臉色好難看，整個人瘦成皮包骨。以往只要他一出現，渾身散發的威力彷彿讓在場的一切怪物都得退避三舍，但今天似乎很孱弱。

龍先生端起琉璃子沖的熱梅子昆布茶。

「啊，真好喝。」

龍先生疲憊地說。小圓遞給他烤年糕。

「嗯？要我吃啊？好啊好啊，謝謝你。」

「怎麼回事？瘦了很多嗎？」

長谷也擔憂地問。龍先生露出苦笑。

「剛好有件除靈的大工程。我睡了好一陣子，大概十天左右處於絕食狀態，所以瘦了點吧。」

我們完全無法想像。包括除靈和什麼狀況得昏睡十天，處於絕食狀態。

龍先生津津有味吃著青魽生魚片、白味噌年糕湯，還有剩下的年菜配白飯。

「好久沒這樣好好吃頓飯。這道醃大頭菜……好吃得不得了呀。」

「舊書商帶了一尾石斑魚回來，今天晚上要吃石斑鍋哦。」

「真令人期待。無論再怎麼低潮，只要在這裡吃飽睡夠，馬上又是一尾活龍，真是太好了。」

「就是說呀。」

「我懂！」

我和長谷也點頭贊同。

龍先生真會吃。不管是小圓烤好給他的年糕，還是隨便加進年糕湯裡的剩菜，他都吃得精光。吃完之後說了句「好啦，我去睡嘍。」就回到自己房裡。

「我第一次看到龍先生這副模樣。」

「會讓他累成這樣，實在無法想像是遇到什麼狀況。」

「搞不好像卡通裡那種激烈戰鬥？」

「可能哦。」

有點好奇，想見識一下。

「恭賀兩位新年快樂，主人，長谷大人。」

桌上冒出《小希洛佐異魂》的介紹人，「0之富爾」。

「富爾。」

「黑衣魔法師大人似乎非常疲憊，完全感受不到以往散發出的靈氣壓力。」

「嗯～龍先生果然體力消耗得很嚴重哪。」

「對了，稻葉，你不能施展什麼療癒能力嗎？」

「對龍先生嗎？」

長谷這麼說，讓我吃了一驚。

「倒也不是不行啦，不過……」

「不過？」

「感覺滿恐怖的，真怕一不小心失禮。」

「……原來你擔心的是這個呀。」

富爾搖晃著手指表示否定。

「對黑衣魔法師這類大師，隨便施用療癒能力很危險，有可能一不留神自己的能力就被他全吸收去嘍。」

我和長谷對看著彼此。

「喔～」

「總覺得有這種可能性。」

「魔法師大人這類狀況，還是得由專家來治療才行。」

「像藤之醫師那種嗎？」

附設神靈科的「月野木醫院」裡那位藤之醫師，同時也是秋音的師父。

「小圓，你拿著年糕要到哪裡去？不可以去打擾龍先生休息唷。」

被長谷制止的小圓，露出一臉「人家好不容易才烤好」的表情，所以年糕就由我們倆吃掉，吃得好撐。

我們倆躺在暖地毯上，身體就算想動也動不了，看著根本沒興趣的電視節目，懶洋洋打起瞌睡。啊，真是幸福的新年假期呀。哦哦，對了，得出門拜拜才對，但整個人動彈不得。

就這樣不知道過了多久。

「……地震嗎？」

長谷突如其來這麼說。

「剛才有搖晃嗎？」
我完全沒感覺。切換幾個電視頻道看看，也沒發現有地震的插播報導。
「難道是錯覺？」
長谷搔搔頭。
然後，到了晚上，和那些重拾「狂飲能力」的不良大人一起展開「石斑鍋」大派對。
「能和平常不在的夥伴們共聚一堂，可是過年才有的趣味呀。乾——杯!!」
在詩人的帶領下眾人乾杯，大人們各自端著喜愛的日本酒、啤酒、燒酎等，龍先生的臉色也好多了，又恢復精神，不落人後地也一手端起日本酒。
重達二十公斤的石斑魚。先來一道生魚片，軟嫩帶彈性的鮮美白肉，鋪在淺藍色的大盤子上，還加了菊花妝點，宛如置身高級日本料理餐廳。
「油脂好滑順。」
「吃起來真像鯛魚，整體感覺比鯛魚的口味再重一點。」
「石斑魚的膠原蛋白含量也很高哦。」

聽佐藤先生一說，麻里子臉上立刻露出笑容（雖然她是鬼魂）。

接下來是「紅燒」。這種做法也好好吃！稍微有嚼勁的魚肉煮到入味。我光是配著生魚片和紅燒魚肉就吃掉兩碗飯。不行！得留點肚子，這才是「前菜」耶。

最適合下酒的「拌魚雜」。做法好像是心臟之類的內臟燉熟之後，用蘿蔔泥加特製柑橘醋醬油調味。脆脆的口感略微帶點苦味。

「這個，好吃得要命哪——！」

一群酒鬼異口同聲。喝啤酒的一群則不住讚嘆著「炸魚塊」。

「這也好吃得要死呀——！」

香脆的麵衣裹著肥嫩的白肉，連同鮮美的肉汁在口中四散，香酥氣味撲鼻而來，和輕輕撒上的一層鹽巴搭配起來更是滋味絕佳。

「簡直太讚了……」

長谷一張臉也露出完全放鬆的表情。

「今晚的主角，石斑鍋來嘍！」

舊書商和佐藤先生各提了一只鐵鍋上桌。

「來——啦，大家久等嘍！」

頓時掌聲四起。鍋子的溫度一下子讓客廳熱了起來。

鍋子裡大量的蔬菜，還有大量的石斑魚肉，不過一下子就變少了，公寓裡這些酒鬼雖然喝酒，食量也很驚人。

「魚肉好有彈性——」

「快看這邊，整塊的膠原蛋白耶！」

我和長谷正準備吃掉，舊書商卻冷不防從旁邊搶走。

「年輕人皮膚再滑嫩怎麼得了！讓給老人家啦！」

「哦哦！你承認自己是老人家嗎！」

「我承認啊。」

「太卑鄙了！」

「很低級耶！」

我們幾個搶食石斑魚，其他人看了直大笑。

就像妖怪公寓平常的夜晚一樣，永遠沒變，甚至讓人快忘了今天是開年第一天。

白天那股詭異的溫暖潮溼空氣也逐漸變冷，夜晚的漆黑中靜靜落下雪花結晶外型的「妖怪」。

大夥兒邊享用滿桌子奢華的好料，各自天南地北隨興聊，談工作、或是自己的私事，還有很多我跟長谷搞不清楚的專業（？）內容。骨董商人和舊書商口中那些分不出唬爛還真實的故事好有趣。

「對啦，骨董商人，你後來順利從那些奇蹟獵人手中順利逃出來了嗎？」

舊書商笑著問他。對哦，還有這回事呢。

在那些不屬於「這個世界」的東西中，有一些被稱為「奇蹟」，可能會造成人們的困擾。於是，有個專責機構就是在回收這些「奇蹟」，聽說就設在梵蒂岡。講起這部分的事，我大概聽懂一半左右吧。

「被那群人追趕的時候，我早已經把東西交給委託人了，從頭到尾根本不知道有這回事。」

骨董商人也笑著回答。

「稻葉手上的『小希』不會被那群奇蹟獵人當作目標嗎？現在說也有點晚了啦。」長谷問。骨董商人挑起一邊的眉毛。

「奇蹟獵人要找的都是沒有主人的魔法道具，他們最大的任務就是避免那些東西落入一般外行人的手中。至於魔法書，因為大多都有主人，並不在狩獵的範圍之內。況且，就算一般人拿到也沒辦法發動法力。」

原來如此。「小希」就因為這樣才在歐洲一帶飄盪了這麼長的時間。

「梵蒂岡也真不講道理。只認同基督教的奇蹟，卻不接受其他領域出現的奇蹟。」

一群大人聽了舊書商的這句話無不點頭表示贊同。

「舊書商也曾經被帶到梵蒂岡的地下吧？」

「很驚人哦～。就像個來自全球各地的靈力、魔力道具展示會場。」

「聽說本家的《希洛佐異魂》也在那裡，是真的嗎？」

「不對不對，那只是副本。」

「依照官方說法好像《希洛佐異魂》裡封印了七十八隻妖魔，但也有人說是七十二。到底哪個才正確呀？」

骨董商人問了龍先生。龍先生聳聳肩。

「眾說紛紜呀，也聽過七十六的說法。」

幾個魔法師聊起這些不可思議的事情就像閒話家常。這世界上還有我和長谷數不清的多個世界交錯存在（先把我是菜鳥魔法師這件事擱一邊）。像這棟妖怪公寓還有月野木醫院，這類地方光是日本就有好多處，全世界一定更多吧。

我或長谷，還有詩人、畫家，將來和這類世界和地點也不會扯上什麼關係吧，我們還是過著平凡普通的生活。

不過，我們知道「世界無限寬廣」，了解自己「活在無限寬廣的世界中」。

石斑鍋最後以「鹹稀飯」結尾。

「哇，實在是……棒透啦——！」

好吃到喉嚨忍不住發出呼嚕呼嚕的聲音！高湯中帶著石斑魚和蔬菜的香甜，美味到令人難以置信。還有包裹著顆顆飯粒的軟嫩蛋花。

「已經吃了那麼多，居然還吃得下耶。」

還有，琉璃子特製的「米糠醃漬高麗菜」……受不了啦，這個醬菜好吃到可以跟鹹稀飯一起當菜配白飯吃。經常身在國外的骨董商人和龍先生，更是受這股美味震撼到整個人僵住說不出話。借用詩人的話，所有人的表情就像「剛蒸好的年糕」。太・幸・福・啦！

接下來幾個大人喝著酒，我和長谷喝咖啡，就像平常那樣，派對持續進行。琉璃子幫我和長谷、小圓做了沾上一層薄薄巧克力醬的小塊烤米餅，一樣好吃得不得了，讓人一口接一口。真是的，我到底有多能吃啊，待會記得先吃點胃腸藥。

龍先生把那個讓他變成皮包骨的案子講給我們聽。

「有個藝人因為節目採訪到了墨西哥的一處遺跡，好像在那裡撿到了什麼。」

他說的女藝人我也知道，非常有名。這麼一說才想到，最近好像沒看到她耶。

「聽說她在採訪過程中闖進不太好的地方。」

「就說外行人都很麻煩啦……」

舊書商嘆口氣，骨董商人也跟著搖搖頭。

「那一帶很危險，因為還處於沒除靈過的狀態。」

「對呀，對呀，比較原始的地方還是很可怕呀。」

大家都聽得津津有味。

「採訪回來之後，那位藝人開始出現幻覺或是身體不舒服的狀況，來找我的時候已經過了半年。我先前看過她的個人照，但跟我見面時完全變了一個人，一張臉根本不像女人了。」

「就像『大法師❶』裡的麗根嗎？」

麻里子睜大了眼睛問。龍先生思考了一會兒。

「……不對，像是……那個……叫什麼來著啊，佐藤先生？山姆雷米（Sam Raimi）的？」

「該不會是『鬼玩人❷』吧？」

喜愛電影的佐藤先生，細細的雙眼中閃爍著精光。

「沒錯，就是『鬼玩人』！那張臉就像被死靈附身的人。」

「好噁哦！」

「披頭散髮，整張臉黑青，還腫成大概一倍，兩隻眼睛只看得到眼白，嘴唇全黑，還一直從嘴裡流出綠綠的液體。」

所有人都「噫！」地嚇了一跳。

「鬼玩人」這部電影我也在長谷家看過，是一部有點老舊的片子，雖然屬於恐怖血腥片，有些橋段卻像卡通一樣滿有趣的。內容敘述一個普通人不小心把惡靈放

❶The Exorcist，一九七三年上映的美國恐怖片。

❷The Evil Dead，一九八一年上映，系列作品共有三集。

出來，結果卻被附身。

（不過……現實生活中居然發生那部電影裡的狀況）

可不是說句像卡通一樣就能輕鬆帶過，簡直令人發毛。

那位女藝人即使整個外貌變了，倒沒像電影裡一樣發狂。她只是不停咕噥著聽不懂的話，在房間裡走來走去，三餐有一頓沒一頓的。

「不過，吃起東西又像野獸一樣。排泄則聽說要幫她包上尿布，但還是很慘哪。才二十歲左右的女孩子，渾身還發出一種難以形容的野獸臭味。」

連醫生也治不好的病……一想到家人為此煩惱就覺得心情沉重。

「能讓你消耗這麼多心力，對方實力應該也很強吧？」

龍先生聽了畫家的問題之後搖搖頭。

「那倒不是，除靈倒是一次搞定，只是之後出了問題。」

龍先生好像把那抹惡靈「殺了」。嗯，不對，應該說以龍先生之力「壓扁惡靈」比較妥當嗎？雖然用壓扁這個詞聽起來似乎惡靈像有了「物理上的形體」……感覺怪怪的，但這種狀況好像也屬常見。

結果那個「被壓扁的惡靈」從女藝人身上宛如血液噴出來，濺了龍先生一身。

「那股液體就跟高濃度的廢液差不多，發出很強的瘴氣。我發動靈力對抗，避免受到腐蝕，結果就跟在冬季山難身體失溫一樣，體力也逐漸損耗掉。」

當然，這種狀況也不是簡單用水清洗就能了事，龍先生去找了專家，幫他清除掉身上的「髒東西」，也就是「淨化」儀式。在十二月趁著一年最冷的夜裡，在大雪紛飛中進行長達六小時的瀑布修行。大家聽了又是「噫」地驚呼。

「要在那天晚上進行瀑布修行六小時？」

「就連這附近的最低氣溫也才零下五度左右吧？」

「難怪會全身發抖。」

當然會發抖呀！

「哎呀呀，不知道多久沒嘗過這種冷到發抖的滋味啦，大概有十年吧。」

……他就是這種人。

「多虧了瀑布修行，總算把髒東西都清乾淨，但這下子也把精力全耗盡啦，然後為了不繼續消耗，就冬眠了十天左右。」

「冬眠?!」

「就把心完全封閉，不要有任何感覺，不做任何思考。」

龍先生好像在專家那裡待了十天，進入完全休眠直到精力恢復到一個程度。這跟一般的「睡覺」不同，像是「封鎖身體」嗎？可能也是一種治療方法。

至於女藝人，一結束除靈當天臉就開始消腫，除夕那天龍先生接到她的聯絡時，聽說已經完全重拾原本的樣貌，本身的意識也恢復了，只不過被惡靈附身的這半年她也損耗不少體力和精力，還得再花上一段時間才能重回演藝圈。

「那個惡靈到底是何方神聖啊？剛說會發出野獸的臭味，難道是獸神之類？」長谷發問。

「大概是野獸的靈吧。看那股怪力，說不定是以前受人尊敬的神明淪落到這個地步。」

「原來如此。那一帶倒很可能出現這種狀況。」

骨董商人叼著一根小雪茄。

「其實那個靈體也沒想過要詛咒人類，應該說沒有那麼明確的『意念』。只不過具有那股『力量』，出現在那個地點，碰巧遇上了女明星。話是這麼說，但我猜她大概還是去了不該去的地方吧。」龍先生苦笑著聳聳肩。

「還真是天不怕地不怕呀。」詩人嘆口氣。

「就是說啊。」

很多笨蛋想不到一些地方為什麼會成為「禁忌的場所」。雖然對那些「鬼魂出沒」的地點不會全盤相信，卻搞不懂他們怎麼能大搖大擺、稀鬆平常地進出「神明所在的地方」或是「發生過謀殺案的兇宅」。

舊書商也叼著短短的香菸說。

「大部分情況下都沒什麼事啦，但總有人一定會碰上靈障，為了不要成為那個倒楣鬼，還是千萬別踏進禁地。」

「靈異景點巡迴，這樣的內容簡直可以出書了。」

「笨蛋啊，這種書根本就是在玩火嘛。」

「這是因為想讓孩子們遠離死亡吧，但遠離死亡同時也就遠離生存。」

詩人今年講的話也一樣深奧。

「大人們應該多告訴孩子有關死亡的一切。」

「說得有道理，一色先生。」

凌晨三點。我跟長谷總算從肚子飽脹的狀態變得稍微能活動，於是兩人溜出派對去泡澡。

「全身都是火鍋味，連內衣褲都是！」

「因為在火鍋旁邊待了將近九小時呀。」

我們倆笑著洗澡。脖子以下全浸到溫泉裡時，不約而同呼了一大口氣。

「啊～住在這裡果然很棒呀。」

長谷有感而發。我則「嗯嗯」用鼻子回答。回到房間時，小圓和小白就像甜饅頭一樣蜷起身子睡著了（小圓是內餡，小白是外皮）。幫小圓蓋上被子讓他好好睡，長谷看了一下剛才扔在房間裡的手機，「啊！」發出一聲驚呼。

「怎麼啦？」

「……老頭子死了。」

「什麼?!」

「下午四點多的事。老爸說六點左右接到通知。」

「六點不就是外頭開起派對的時間嗎？你爸爸要你回去嗎？」

「沒耶，他說他自己到仙台去。」

「這倒是。」

「好吧，總之明天我先回家一趟。」

「我白天也得去伯父家。對了，先一起去拜拜吧。」

我們倆各自準備明天要換的衣服。

「對了，長谷！」

「幹嘛？」

「你爺爺是在四點多過世的吧？那時候你不是說有地震嗎？」

「……嗯，你一說倒讓我想起來。」

「會不會就像小昆蟲的預感之類？」長谷誇張地聳著肩。

「那老頭要告訴我什麼？反正絕對不會有好事啦。大概是跟我要奈何橋的過路費吧？這種事我才不想知道咧。」這種說法還真猛。

長谷的爺爺，也就是慶二伯父的爸爸——長谷恭造，雖然已經隱居多年，據說以前還有人稱他是財經界的怪物。長谷家在他這一代致富，打造出旗下多個關係企業的長谷集團。雖然最後沒能和其他有名的大財團並駕齊驅，但財經界的恭造老大就是有一股莫名的影響力，好像沒人敢違抗他。唯一敢跟老大唱反調的，就是慶二伯父。慶二伯父很早就脫離家族，白手起家爬到今天的地位。事實上，真正繼承老大堪稱「怪物」商業才華的，並不是長男叡仁，而是慶二伯父。既然這樣，慶二伯父為什麼不自己開公司呢？據說原因是待在大公司，在檯面下（掌有實權的第二把交椅。只有慶二伯父敢用「喂」來稱呼社長）「運作」一切有趣多了（根據長谷的說法）。從這一點看來，就覺得此人果然是長谷的老爸。

這麼說來，如果慶二伯父沒脫離家族，以老大叡仁先生的「左右手」助一臂之力的話……長谷集團無疑會比現在有更驚人的成長……恭造老大一定這麼想。

或許因為這件事，慶二伯父一家人和本家都很疏遠，幾乎沒有往來。包括中元節、新年等祝賀全推給全家地位最低的泉貴少爺，多年來少爺就這樣每年到本家如坐針氈。

「老頭子終於掛啦。」長谷淡淡地說。

「又要引起一陣騷動了。」

聽我這麼說，長谷卻只輕輕回了一句：「跟我無關。」

對放棄繼承恭造老大龐大遺產的慶二伯父一家人來說，老大的死也沒什麼大不了，到告別式上露個臉就沒事了吧。至於長谷這下子也能獲得解脫，不必再每年跑去度過如坐針氈的時刻，鬆了一口氣嗎？

鬼魂
今晚也來了

又過了四天。
打算明天打道回府的長谷，突然接到他母親打來的很要緊電話。
長谷的姊姊小汀病倒了。
小汀姊上班時突然覺得身體不舒服，叫了救護車送醫。
長谷的母親要他趕緊過去，我們就騎了機車飛奔到醫院。
「小汀居然得叫救護車送醫，難道是盲腸炎嗎?!」長谷說。
「我們家的女人都是怪物。」長谷經常這麼說。經常出外旅遊的長谷一家人……說是這麼說，但忙於工作的慶二伯父幾乎每次缺席。因此，總是由長谷照顧他的母親瑞羽伯母，還有小汀姊（呃，這部分就算慶二伯父同行應該也一樣），這兩個出遊時火力全開的女人，經常把長谷使喚得連導遊都嚇得要命。
瑞羽伯母表面上是重量級政治人物千金，出身名門家教森嚴的大小姐，溫柔又惹人愛憐，實際卻是個性豪邁、極具行動力。另一位小汀姊則是外型清新的智慧型美女，但臂力跟她老爸比起來毫不遜色。合氣道晉升到段級，長谷跟這位大姊吵起架來使出合氣道也討不到便宜。泉貴少爺雖然身為「繼承長谷家的兒子」，但從一出生就注定這輩子當定了姊姊和媽媽的奴隸。

其實長谷一點都不擔心，反正他老姊了不起就是盲腸炎或急性腸胃炎之類。

我也沒想太多。因為我很了解，縱使小汀姊靜靜站著時展現高貴美女氣質，宛如一枝嬌豔的紅玫瑰，骨子裡卻是會對弟弟拳腳相向的「大姊」。就算被救護車送到醫院，一定也不會太嚴重。

不過，在醫院裡等待長谷的瑞羽伯母卻臉色蒼白。

小汀姊躺在病床上，皺著一張臉。

「醫生說肚子裡有一大塊陰影。」

瑞羽伯母頻頻不安地眨著一雙圓眼。

小汀姊一大早就直嚷著沒什麼精神，腹部覺得怪怪的很不舒服。然後進公司不久，肚子突然劇痛了起來，全身無法動彈。

醫生看過X光片之後，對腹部一片奇怪的陰影感到不可思議。

於是立刻安排更進一步的細部檢查，現在正等候結果出爐。

「醫生一開始說有可能是子宮肌瘤。」

子宮肌瘤據說是女性很常見的病症，雖然屬於腫瘤的一種，但因為是良性，只要不是過大都不具危險，也沒什麼好怕。有不少人直到有天突然痛起來才發現腫瘤

逐漸變大。

「不過，陰影出現的部位可能不是子宮……」

長谷稍稍皺起眉頭低聲說。

「會不會是子宮外孕啊？」

話才剛講完，就有一顆枕頭瞄準長谷後腦袋砸過來。

「三天前生理期才剛來啦！不要逼我講出來！」

小汀姊一邊忍著痛，一臉兇狠地說。瑞羽伯母立刻跑到她床邊。

「小汀妳真是的，給我靜下來休息。」

「嗚，好痛……好難過……感覺好像被人一把揪住肚子。」

小汀姊耍賴地搖著頭。

我雖然沒辦法治病，但至少可以用療癒能力減輕一點她的痛苦，只是我看不出來小汀姊身上的「損傷」。

（……也就是說，根本沒辦法發動療癒能力嘛。）

據富爾的說法，就是「身體的調性不合」。我能對田代和千晶發動能力，只不過出於巧合。

「泉貴！回家把我的安哥拉毛毯和針織外套拿來！好冷哦。還有，iPod，襪子也要！」

小汀姊在病床上指揮奴隸。我看到長谷的太陽穴隱約浮現青筋，差點忍不住笑出來。

「小汀，這些東西我之後一起帶過來，而且還要帶內衣和毛巾呀。」瑞羽伯母這麼說，但小汀姊還是不依。

「人家現在就要啦，很冷耶！」

就在長谷痛苦嘆氣時，慶二伯父出現了。

「怎麼啦，怎麼啦，小汀？難得妳居然生病啦？」

「早啊！」

「欸，夕士！你這麼快就來探病啦？真不好意思啊。」

從公司趕過來的慶二伯父，還是像平常那樣帥氣。連襯托高級西裝的手錶之類小配件也一點都不馬虎。一旁的長谷看到「宿敵」一現身就皺起眉頭。

（不用操心啦，二十年後你也是這副模樣）我看著長谷的苦瓜臉這麼心想。

「慶二。」

慶二伯父張開手摟著一臉擔憂的瑞羽伯母。

「醫生怎麼說？」

「現在正在等細部檢查的結果，說肚子有一塊大陰影。」

「不要緊啦，不會有事的。對吧，小汀？」

「你們倆要摟摟抱抱就到外面去啦！」

接著慶二伯父小聲說：「不會是懷孕了吧？」

剛才那顆放回原位的枕頭又急速飛過來。慶二伯父在千鈞一髮之際，趁枕頭還沒砸到臉上時接下來。

「哇！很有精神嘛。」

「這事情你要是敢跟結城大哥說，你就完蛋哦！」

小汀姊目前暗戀的對象就是慶二伯父的首席祕書，結城一馬（長谷提供的消息）。

這時，主治醫生來了。

「方便跟各位家屬報告一下狀況嗎？」

眾人走出病房聽取醫師報告。

「稻葉，你可以留下來陪我嗎？」

「好啊。」我在小汀姊床邊坐下。

「需要什麼嗎？」

「我想喝點水。」小汀姊稍微坐起身，勉強拿著杯子喝水。她的臉色好差，一雙烏溜溜的眼睛在蒼白的肌膚襯托之下，顯得更黑了。

「大過年的就這麼倒楣。」聽我輕聲說了，小汀姊微微苦笑。

「就是說呀。今年真是倒楣透頂，而且從元旦就一直做惡夢。如果那是新年第一場夢，據說之後就會實現耶。」

「一直做惡夢？」

「對呀。到昨天已經連續四個晚上做同一個夢了。」

「……」有這種事嗎？心底湧現一股莫名其妙的感覺。

「那……是什麼樣的夢呢？」

小汀姊不太舒服地瞇起眼睛。

「很噁心的夢啦。感覺好像恐怖片，聽到有人敲著玄關大門，結果門一打開就看到鬼。」

「鬼……啊？」

「對呀，就是鬼。長相就是戴了鬼面具，額頭上還長出兩支角，嚇得我尖叫跳起來。」

（居然嚇到這個小汀姊？）

「你心裡一定在說：居然嚇到這個小汀姊尖叫？對吧。」

我趕緊猛搖頭。「呃，不是嘛！玄關冒出一隻鬼，不管是誰都會尖叫啦。」

「說不上來，總之那時候感覺特別恐怖，就連醒來之後心跳還是好快。然後啊，第二個晚上又夢到那隻鬼來到玄關，而且這次還抓著我的手。」

「……」

「第三個晚上呢，鬼還跑來我房間耶！乓乓乓一直敲門，一打開門就看到有鬼……」

「是同一隻鬼嗎？」

「嗯。」

頓時似乎有一股顆粒較粗的霧氣竄上我的背脊。

「那昨天晚上呢……？」

「昨天晚上……」小汀姊的表情突然陰沉了下來。

「鬼進到我的房間，而且又抓住我的手……接下來……接下來我實在太害怕了，然後就跳起來。你懂吧？」

小汀姊一雙黑黑的眼睛瞪著我，我倒抽了一口氣。雖說是在夢中，小汀姊在那隻鬼「有進一步行動」之前就靠自己跳起來。聽起來真是栩栩如生的惡夢。

「這……是不是表示壓力太大呀？我去年秋天才做過健康檢查，明明一切正常呀……還是……難道我需求不滿到會夢見鬼來侵犯我的地步嗎?!不會吧！這件事絕對不能讓結城大哥知道哦。」

我露出曖昧的笑容用力點頭。

這當然不能只用需求不滿簡單帶過。居然以進行式連續做了好幾天內容相同的夢，而且這種不祥的感覺……不就是什麼「暗示」或「預兆」嗎？

「我去一下洗手間。」我衝上醫院頂樓。

在空無一人的頂樓拿出「小希」。

「富爾！」

「您好啊，主人。」

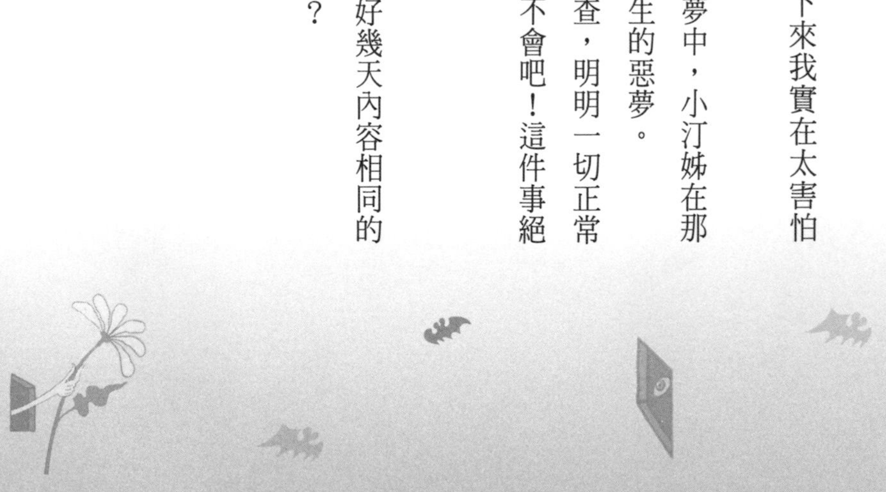

富爾一出現在「小希」上就誇張地行禮問候。

「你剛也看到小汀姊的狀況了吧？那個……怎麼說呢……不是一般生病吧？」

「是的。小的也感覺非常不對勁。」

「果然沒錯！我就是要問你是哪裡不對勁呀！是那個什麼靈障嗎？」

「這個嘛，似乎不是很明顯啊。」

富爾交叉起短短的手臂。

「讓諾倫她們占卜看看吧？」

「……要靠那群笨蛋姊妹花嗎？」

「說笨蛋姊妹花太嚴苛了啦！不對不對，她們也算是『命運女神』的族人！」

我翻開「小希」裡「X」的頁面。

「命運之輪！諾倫！」

在一陣青白色雷電中，三名女神和一只黑甕同時出現。

「您召喚我們嗎？主人。」

全身纏著白布做女神裝扮，在我面前深深屈膝的姿態倒還有模有樣，但斯寇蒂、丹蒂、兀爾德這三姊妹，最大的特色就是彼此感情不睦，明明需要她們合三人之力看甕裡的占卜結果，她們卻只顧著吵架。

「呃，那個……我想要妳們占卜一下小汀姊生病的原因。」

「遵命。」

三人靜靜地站到甕邊，開始占卜。

（咦咦?!感覺跟之前差很多，該不會是因為我的靈能力升級了吧?!）

「好痛！喂！兀爾德！不要踩人家的腳啦！」

「誰踩妳呀！」

「明明就踩了呀！裝什麼傻啊，臭老女人！」

丹蒂和兀爾德兩個人馬上吵了起來。

「妳們兩個專心占卜啦！」

斯寇蒂歇斯底里地尖叫。

「哎呀呀，三個人感情還是一樣差呀。」

富爾用力聳聳肩。看你一副事不關己的模樣，也會讓人湧起一股殺氣啦。

三名女神在吵吵鬧鬧爭執中，總算也完成了占卜，好整以暇說道：「感覺好像一團黏糊糊的東西。」

妳們居然只能回答出這一句!!應該說，想到我的能力居然這麼微弱，就覺得很失落！

不過，等到三名女神回到「小希」之後，我心想，富爾剛說過「似乎不是很明顯」，三名女神又說「一團黏糊糊的東西」。

「這……不就跟那時候一樣？」

占據条東商校禮堂屋頂後面那個小房間築巢，造成「學校怪談」的真正原因，就是那個本我怪物詛咒女人的「怨念」。詛咒的怨念即使本人已經不在也會留在原地，擁有自我意識，等待著可以自由活動的「身體」。

「所以小汀姊的病，難道是小汀姊……或是其他人的『怨念』累積造成的……？」

我用力偏著頭，完全搞不清楚到底是怎麼一回事。

回到病房時，長谷剛好也從走廊另一頭走過來。

「長……」才剛想叫他，就被他一臉陰沉的表情嚇到。只見瑞羽伯母也無力地靠在慶二伯父身上，伯父一看到我就露出苦笑舉起手打個招呼。

「長谷……」

「我送你回公寓吧，稻葉。」長谷走在我身邊，表情僵硬，雙眼空洞失焦。

「小汀姊……狀況不太好嗎？」我鼓起勇氣問了。

長谷停下腳步。

「好像沒辦法動手術。」他的聲音聽起來很冷靜。

「有顆大腫瘤緊貼著子宮旁邊，看來就算把整個子宮拿掉，也一定會造成嚴重出血，因為腫瘤好像連到動脈還是神經。」

「那……該怎麼辦呢？」

長谷靜靜地搖了搖頭。

「不曉得……醫生說目前也無能為力。」

（難道小汀姊……只能這樣痛苦下去？）

「X光照出來的腫瘤……看起來就跟一個胎兒一樣。感覺很毛。」

聽了他的敘述我也覺得毛毛的，全身寒毛都豎了起來。

「長、長谷……！」我忍不住拉著長谷的手。

「幹嘛？」

「那……那個……呃……」

小汀姊做的惡夢。一團黏糊糊，搞不清楚真面目的東西。

「我跟你說件怪事……你不要生氣哦。」

「我幹嘛生氣？」

「那個……小汀姊的病……會不會是靈障引起的啊？」

長谷露出一臉錯愕。然後他轉頭面對我，把自己的手疊在我手上。

「稻葉，動不動就把一切歸咎到鬼魂、妖怪之類的，這樣不太好哦。」

「不是……我當然知道啊，但我剛才也聽了小汀姊的說法。」

我把小汀姊的惡夢和諾倫占卜的結果告訴長谷。長谷露出複雜的表情聽我說。

「小汀對鬼魂之類的又沒興趣，也沒聽說她去過什麼奇怪的地方呀。」

「如果是其他人的『惡意』呢？」

聽我這麼一說，長谷頓時語塞，突然低下了頭。

「……她看起來的確很容易遭人嫉妒。人長得漂亮又聰明，家裡不但有地位還很有錢，所以很受男人歡迎。雖然她真正屬意的男人不甩她，但對她有意思的大概有好幾卡車吧。說不定有人因為這樣嫉妒她……同學、同事……」

「會是生意上往來的客戶使的陰謀嗎？」長谷又是一臉錯愕。

「比方說對你老爸懷恨在心，就詛咒他的家人之類。」

「稻葉，你小說看太多啦。像我老爸這種討人厭的傢伙，的確是到處跟人結怨啦，但怎麼有人會真的詛咒嘛。」長谷用力搖著頭。

「對呀……這太超現實了，就算真的有所謂的詛咒，會對那個臭老爸或小汀下咒，這個想法本身就太不切實際啦，因為如果認識他們倆的人應該知道呀，下咒不會有什麼效果吧！搞不好還會反彈回自己身上耶。」

……這是誇獎他們父女倆嗎？

「不對不對，沒這回事。不可能啦。」長谷又用力搖著頭。

「可是我聽了小汀姊做的夢，總覺得怪怪的，富爾也說感覺不太好……碰巧龍先生和舊書商都在，所以我想問問他們。」

「呃……嗯，這個嘛……」長谷含混地點點頭。

之後我跟長谷回到公寓，他急急忙忙收拾行李回去。舊書商和龍先生都不在公寓裡，骨董商人初三就已經外出，畫家也去工作了，只有詩人在客廳裡喝著茶。

「舊書商出去嘍，不確定什麼時候回來。龍先生的話，應該去找藤之醫師了吧？」

「啊，這樣啊。」

龍先生表面看起來身體狀況已經完全恢復，但好像還是每天都到藤之醫師那裡接受治療。

長谷匆匆忙忙離開，我只得哄著失望的小圓。傍晚左右龍先生回到公寓。

「我回來了～啊，肚子好餓呀。」

這陣子龍先生還真能吃，是要補回失去的能量吧。

「龍先生，可以……跟你談談嗎？」

「好啊，怎麼啦？」

我們在客廳裡喝著咖啡，我把小汀姊的狀況說給龍先生聽。

「你認為那位小汀小姐的病，是因為詛咒引起的嗎？」

塗鴉臉的詩人問我，我點點頭。

「聽完小汀姊說的夢境，我覺得很不對勁……而且，長谷還說X光照出來的腫瘤陰影看起來就跟胎兒一樣，我更覺得毛骨悚然。那種感覺不止是噁心，總覺得……總覺得有什麼古怪……」

龍先生輕輕點點頭，聽著我的敘述，一雙黑色眼睛同時來回游移。

「這是千里眼嗎？黑衣魔法師大人。」

富爾現身在桌子上問道。千里眼?!千里眼有那麼簡單嗎？不需要「禱告」也不需要「集中注意力」嗎？

龍先生咯咯笑了。

「看得很清楚哦。因為你跟長谷的交情非比尋常吧。」

「咦？透過我看到的嗎?!」

「因為當事人現在不在這裡，就把你當作『通道』了。」

龍先生直盯著我，但那雙眼睛看的其實不是我，而是我的另一頭。我好像整個人被看透、看穿，有點難為情。

「……住的果然是一流的醫院，單人病房真豪華……小汀小姐是個大美女呢，眼睛一帶長得跟長谷好像。」

他真的看見了！居然能在這裡看到相隔幾公里以外的小汀姊！

「他們家從伯父、小汀姊到長谷，三個人的眼睛都長得一模一樣，不過每次一說他們倆都氣得要命。」

龍先生的表情大變，頓時靜止了視線。

「……的確……這不是一般的疾病。」

「果然沒錯。」

「但是……也不是靈障。換句話說，她沒被惡靈附身，不過也不是妖怪幹的……」

龍先生搖了搖頭。

「……有一股很強的意念……這是……誰呀？誰在這裡……」

「不是鬼魂嗎？」

「一個身穿和服的男人……頭髮披到肩膀……腳上穿著草鞋。臉看不太清楚……好像滿年輕……三十歲上下。」

這是誰呢？穿著和服、三十歲左右的男人？

龍先生看著空中，慢慢舉起右手。

「……紙筆……拿個東西讓我寫……」

我抓起小圓隨時放在客廳裡的畫圖紙筆遞給龍先生，他接過之後就用簽字筆在圖畫紙上畫起來，兩眼還是盯著空中。這幅景象真令人不可思議。

「這就是所謂的『自動書記』呀——」

嚴格說起來，自動書記好像是靈體透過靈媒寫出東西，但龍先生這時的模樣就跟自動書記差不多，盯著什麼都沒有的空間徒手畫畫。龍先生正速寫出空間另一頭的景象。

「我不太會畫畫呀……」龍先生把畫拿到面前搔搔頭。

「還好明先生不在，讓專業的看到就太丟臉啦。」

龍先生的畫其實不像他自己說得那麼糟，圖上畫的就是那個「三十歲左右的男人」。身上披著和服，腳上穿雙草鞋，散亂的長髮大概及肩。

「這是短刀嗎？」詩人指著圖畫，腰帶上插著一根類似短棍的東西。

「不是啊……感覺很像菸管。」

「菸管啊，又很古早味了……對了，這是哪個時代的人啊？」

「也不是太早以前的人呀。」

龍先生邊說邊在菸管上畫個箭頭，寫著「鬼面加工」。

「鬼……鬼面加工……」

又來了，「鬼」。和奇怪的符號一致。

「可能是銀製品加工而成，設計成鬼的模樣吧。這部分倒看得很清楚，如果我的繪畫功力高一點，就能連細部都畫出來。」

「這傢伙……到底是誰呀？」

「恐怕有血緣關係哦。」

「血緣關係?!」我驚訝地抬起頭，正好和龍先生那雙黑眼睛對個正著。

「我透視小汀小姐就出現了這號人物，表示這個人和她有很深的淵源，至於是什麼樣的關係……目前這個階段還看不出來。」

「不過，已經知道不是鬼魂也不是妖怪作祟吧？剩下的……難道就是，意念？」

「也有可能。」龍先生輕輕嘆口氣。

「意念……尤其是怨念，就稍微麻煩了點。因為很多狀況下不像面對鬼魂或妖怪，只要念出某些咒語就能逮得著。」

龍先生說著，看到小圓坐在詩人腿上打起瞌睡，一邊摸摸他的頭。

小圓的媽媽就是一個例子。雖然是鬼魂，卻被怨念纏身，所以就算龍先生「念咒」也無法除靈。要消除小圓母親的怨念，就是殺掉怨恨對象（也就是小圓）的那一刻。另一方面，小圓也一樣，即使龍先生或秋音禱告也沒辦法讓他成佛，唯有消除對媽媽的怨念（或是媽媽本身）才辦得到（還好他媽媽的怨念已經逐漸轉淡）。

「附身在三浦身上的怨念呢？」

「那很單純。只是想要形體，準備好形體就行了。」

希望有「形體」的「意念怪物」，後來被比三浦還大的「式鬼神」這個虛空給吸走了。

「強烈的意念都有對象，只要對象還沒『昇華』，意念就不會消失。」

聽了龍先生的話，富爾感觸良多地聳聳肩。

「人類的業障，不分海內外，自古至今都一樣哪。」

愛的力量當然很大，但怨念和憎恨的力量無論增加或聚集都極其迅速且強烈。

「這是因為埋怨、憎恨要比原諒、愛人來得簡單多了。」詩人頂著一張塗鴉臉講起嚴肅的話題。

這番話太有道理了，讓我一時啞口無言。光看小圓的例子也知道太有道理，越來越不曉得該怎麼回應。小圓的母親寧願選擇在負面情緒中活下去，也不願好好愛著小圓克服不幸，而小圓就成了她發洩那股情緒的標靶。

「其實可以死心，可以轉個念頭，還有很多條路好走呀。但就是有人看不開

啊，有些人就只看得到眼前最輕鬆的路，而越是那種人越容易在那條路上暴走。」

越是負面的執著，越容易節節上升，整個網絡充滿了負面情緒，而這股執著最後的去向就是……毀滅吧。

「總之，夕士你先問問長谷那名和服男子的來歷，我看關鍵就在那人身上。只要解開謎底後，需要我的地方我會盡力幫忙。」

「謝謝！」

我覺得自己有如神助。只要龍先生肯伸出援手，我猜問題一定能迎刃而解。

「小的等人也會勤奮努力，助主人一臂之力！」我對著抬頭挺胸的富爾說：

「好啦，知道了。」一面把他塞進口袋裡。

恭造

當天晚上我火速到了長谷家。不過，「……不知道耶，沒印象。」長谷看了龍先生的圖畫直搖頭。

「真的嗎？你再仔細想想。」

「至少這不是本家的人，我從來沒見過。說起來我們的確是大時代的家族啦，也有人平常就穿和服，但這個人……」

長谷偏著頭思索。

「會是親戚嗎？」

「嗯……」

「還是關係企業裡的人？商場競爭對手？」

「這我就不知道了啦。」

「嗯～這樣啊……」

「不然就把畫拿給老爸看好了。」

長谷看著畫喃喃低語。

「啊，你老爸在啊？」

我們到了他老爸的房間。

「老爸。」

慶二伯父的房間裝潢擺設就跟歐洲的住家差不多，因為他年輕時曾到英國留學，所以特別喜愛英式文化吧。

「嘿，夕士，你來啦？」慶二伯父好像正上網搜尋小汀姊病情的相關資訊，螢幕上出現醫療內容的網頁。

「你看一下這張畫，對畫裡的這個人有印象嗎？」長谷把畫拿給慶二伯父看。

「會不會是本家的人？還是親戚、集團企業裡的員工之類？」

看到畫的慶二伯父，頓時出現一副莫名驚訝的表情。

「這是哪兒來的？誰畫的？」

「先別管這些啦，怎麼樣？你知道這是誰啊？」

慶二伯父整個人往皮椅椅背上靠，從口中迸出一句我們連做夢也想不到的話。

「就是恭造老爺子呀。」

我也嚇了一跳，但長谷這一驚似乎非同小可，聲音中還帶點怒氣。

「本家的……長谷老大?!」

慶二伯父用力點點頭。

「對啦，老頭平常都穿著和服沒錯啦……」

「我小時候他就是這副模樣。」慶二伯父指著龍先生的那幅畫。

「我記得很清楚哦，因為他那副帥氣瀟灑的模樣，連男演員也自嘆不如啊。每次他走在花街柳巷，都有一群女人靠過來咧。」

所以長谷和慶二伯父在這方面也是「血脈相傳」嗎?!

「況且，還有這根菸管。」

「那是恭造老爺身上帶的傢伙，從我懂事起就是這樣。銀質打造，鬼面的精巧設計，他總是隨身攜帶。你也看過那老頭抽菸管的樣子吧？泉貴。」

「我坐的地方離老頭大概有三、四個房間遠，哪看得到菸管上的圖案啊。」

（這麼說來，龍……龍先生透視到的難道是恭造老大年輕時的模樣?!）

我再次看看那張圖。

「你們知道恭造老爺子的綽號叫什麼嗎？就叫『惡鬼恭造』哦。」

鬼。又是鬼。

該不會……出現在小汀姊身上的鬼……恭造老大……？

背脊頓時竄起一股涼意。

（可是老大已經死了呀，龍先生又說不是鬼魂。）

我馬上在長谷家打了電話給龍先生。

「你再多問問有關那位恭造先生的事。像是他的出身背景，此外我還想知道他跟長谷的父親關係如何。」

聽龍先生說完，我也照實轉告長谷。

「他說小汀的病……可能跟老頭有關？那傢伙已經死掉了耶。」

「還不知道有什麼關聯，目前正在查。」

長谷的表情看來還不太相信，卻說：「我也……對老頭的出身有點興趣。」

「那人之所以有『怪物』之稱，我想是因為很有才華、有過人的膽識吧。就算變成滿臉皺紋的老頭子，從隔著老大遠的距離看過去，還是感覺到他的那股氣質。這種人的出身居然『不明』……才真的像小說情節呢。」

長谷說他曾經試圖調查老大的過去。

「要真正調查的話，至少要跑一趟仙台才行，可惜我沒那個時間只好作罷。」

「問你老爸不就得了？」

他好像很討厭這麼做。

這一點我倒不討厭，於是開口問了他父親。

「你怎麼會想問這個奇怪的問題呀，夕士。」

慶二伯父露出苦笑，叼了根「SOBRANIE BLACK RUSSIAN」的香菸。

接下來慶二伯父說起恭造老大的生平。

「長谷本家有個長工，名叫虎爺。我跟虎爺感情很好，他經常陪著我玩。虎爺就是當初跟恭造老爺混的其中一個夥伴，說是這麼說，其實只是個小跑腿吧。聽說虎爺當時才十五歲。」

慶二伯父小時候就是從那位虎爺口中聽到恭造老大的過去。

七十多年前，恭造老爺有一天突然出現在仙台市郊區的一個小鎮上。

這個男人身披深藍色和服，腰帶上插著一根銀色菸管，是個難得一見的美男子。丹鳳眼加上薄薄朱唇，路上行人一看到他無不回過頭，啞口無言地瞪著，還以為看到了藝人或歌舞伎演員。

「『他簡直俊美到連男人都想緊抓著不放，女人更是沒人敵得過他的魅力。』

虎爺當時搔著他的禿頭，一邊笑著說。虎爺說他自己第一次見到恭造老爺子的時候，也是看傻了眼。鄉下地方突然有個美男子出現，難怪大家會嚇一大跳。」

如果只是外型俊美，就算鄉下地方也找得到一、兩個人吧。但恭造老爺子不同，他整個人散發出來的氣質就是不一樣。

「虎爺說恭造老爺子的眼睛就像刀劍，閃閃發光。」

「那雙眼睛看過來會讓人不寒而慄，不敢違抗。』虎爺說這話的時候還搓著自己身體。

恭造老爺子很顯然不是等閒之輩。先是迷倒一個個女人，然後憑一張嘴巧妙收服鎮上那些小混混，收服納入自己手下（虎爺也是其中之一），在鎮上拓展「勢力」。那股力量簡直就像「魔力」。

他對忤逆自己、和自己作對的人毫不留情。看到喜歡的女人要是不從，施暴強姦如家常便飯，就連即將出嫁的新娘他也曾擄走，更睡過別人的老婆；至於跟他作對的，不知道有多少人命喪他手中，總之此人行事只能用「無法無天」來形容。

『恭造被鬼附身了。』沒多久這句話就傳開了，連警察都怕這隻鬼。

虎爺說起來得意洋洋，卻似乎還是心存恐懼。有很多人在畏懼這股魔力時，同時也被深深吸引。

恭造老爺子大鬧掌控小鎮經濟的黑道賭場，和那群流氓對峙時，他單槍匹馬闖到老大那裡，對那名老大說：

『來啊，用那把匕首刺我呀。』

恭造老爺子對著黑道老大張開雙臂。

但匕首並沒有刺到恭造老爺子。那名黑道老大的確雙手緊握著匕首朝恭造老爺子的腹部刺過去，而老爺子只是站在原地、雙手攤開，照理說匕首前端應該會刺進他身體才對……但匕首卻應聲落在榻榻米上。

『懂了嗎？憑你們是殺不了老子的。大家不都這麼說嗎？恭造被鬼附身了。這下子知道了吧？』

被恭造老爺子盯著臉說了這番話，黑道老大當場癱坐，這件事一下子傳遍大街小巷，讓人人心驚膽戰。

將整個小鎮變成囊中物之後，恭造老爺子便以這個基礎朝更大、更大的小鎮發展，虎爺就以其中一名小嘍囉的身分，一直跟在惡鬼恭造身邊。

聽說發展到仙台的鬧區時，恭造老爺子已經累積了相當的財力與人脈。戰爭造成的混亂也助他一臂之力。鋼鐵、紡織、地產……他以『表面上』正當的買賣，源源不斷累積財富，同時接下來提高社會地位。就這樣，一位仕紳就這樣誕生了。」

慶二伯父在黑貓外型的菸灰缸裡抖落菸灰。

「……」

我和長谷不約而同輕輕倒抽了口氣。

我也知道那種散發不可思議的氣質，具有異常吸引力的人物，像千晶就是這類人。不過，連匕首都刺不到他……這是不是已經超乎常人了啊？好像具備什麼「特異功能」。

「特異功能？你說像超能力之類？」

慶二伯父用鼻子笑了一聲。

「恭造老爺子從以前對這類話題就不太感興趣哦。什麼神啊，佛啊，鬼啊，妖怪的，他一概不相信……應該說根本沒興趣啦。本家雖然設了神壇和佛壇，不過那是給老爺子之外的其他家人和傭人參拜。他對別人的信仰好像也沒什麼興趣。」

「那他怎麼解釋自己殺不死的事呢？」

「應該就是『老子就這麼厲害！』吧？」

慶二伯父誇張地聳聳肩。長谷則不以為然啐了一聲。
「倒很像臭老頭會講的話。」
「在他到仙台之前呢？」
「不知道。沒人曉得。」
慶二伯父靜靜地搖了搖頭。
「虎爺第一次見到恭造老爺子的時候，他看起來好像十七、八歲，但真實年齡虎爺也不知道，至於哪裡出生長大，他本人更是從來沒提過，就連跟後來僅存一人的老夥伴虎爺也從沒談過這件事。」
而那位虎爺現在也已經不在人世。
「在慶二伯父眼中……老大是個什麼樣的人呢？」
「就是個臭老頭吧。」他想都不想就回答。
「從我剛才說的這段往事就能了解，恭造老爺子呢，整個人就是野心跟傲慢的結合體，什麼事都要依他的意思，實際狀況他根本不放在眼裡。他那種人真的覺得自己有能力也有權力，就算把弱者踩在腳下也無所謂。」
據說老大在仙台陸續擴大事業版圖的過程中，將許多弱者當作踏腳石。

「因恭造老爺子走上死路的人還不少，長谷財團就是建立在那堆白骨之上。」慶二伯父沒用「死亡」而用「走上死路」，表示除了「自殺」之外也有「他殺」的意思吧。長谷輕輕嘆了口氣。

「我小時候在家附近根本沒朋友，因為大家都怕長谷家的人。在我小小的心裡總想著『恭造老爺子那副樣子，也難怪了』。」

唯一讓老大感興趣的就是賺錢、拓展事業，以及增長權力，而他的野心也遺傳給長男叡仁。

老大對於長男出生感到很高興，但原因也只是「這麼一來就能將事業規模拓展得更大」而已。除此之外，他對兒子和太太都沒興趣。正因為這樣，從慶二伯父開始的其他孩子（共有異母弟妹四人），對老大來說有跟沒有一樣。叡仁以外的小孩全都擠在一個小房間裡一起長大。

「我那個白痴大哥，還洋洋得意，以為自己最特別呢～」慶二伯父苦笑著說。

「不過，叡仁之所以獲得特別待遇，並不是老爸疼他，只因為他是老爸需要的工具。無論他知不知道這個事實，一想到他還因此驕傲地看不起我們……就覺得好悲哀啊。」

那些出自不同母親的弟妹對於老大的想法和叡仁的高傲也很清楚，同時卻也繼續賴在長谷家，原因就是只要待在那裡，就能享受富裕的生活。

慶二伯父對這樣的本家實在厭惡至極，所以中學一畢業就馬上離家，進入距離很遠的高中就讀，之後切斷和本家的所有關係。高中畢業之後由母親一點一滴給予資助，那時慶二伯父也以遺傳自父親的才幹，在各方面打下豐富人脈，絕大部分都是花街柳巷的小姐們。那些小姐都開心地貢獻給他，當年他要到英國留學時，一群人還大舉送行呢。

我心生佩服，旁邊的長谷則露出苦瓜臉。

恭造老大忙於栽培叡仁接棒，好長一段時間根本無暇顧及慶二伯父，似乎直到了解叡仁的才能有限，才希望把慶二伯父找回本家。但他卻沒把這個要求說出口，因為當時慶二伯父已經辦好對老大遺產「放棄繼承」的手續。

「嗯，那老子的自尊心沒辦法容忍自己放下以往的一切，把一個放棄繼承的小子找回來吧。」

慶二伯父在英國的大學以優異的成績畢業，在那裡也建立了人脈，回國後不知道是主動求職還是被網羅，總之進入一流大公司，接下來還娶到名政治人物的千金，就這樣一路平步青雲。

另一方面，長谷財團的成長在這段時期陷入瓶頸，沒能再繼續擴展，結果雖稱財團也無法達到全國規模，只限於地方上的大財主罷了。主要原因就是在叡仁之下的每個弟弟、妹妹，以及親戚在商業上的才能都很平庸，繼承老大天分的就只有慶二伯父一人。正因為這個原因，老大更加忽略慶二伯父，甚至當作從來沒有這個孩子。

沒多久老大病倒了。當時剛好他也認清沒辦法把事業交給叡仁等人，準備重出江湖，回到經營第一線。

「恭造老爺子雖然病了，但他的野心好像還是像熊熊烈火，連在病床上都不停對叡仁下達各式各樣的指示，我大哥大概太笨，沒辦法順利達成。聽說當時老爺子一下子叫他這麼做，一下子又說該這樣，似乎把本來要對我的指導一古腦地灌輸給叡仁，害我一天到晚得接叡仁打來的抱怨電話。還說什麼本來應該是你要去聽老爸那些討人厭的話才對。誰管你呀！白痴！」

我這下子懂了。

對恭造老大來說，這尾「放生小魚」實在太大了吧，而且還是因為自己的誤判而錯失。另一方面，他又不能放下自尊心哭著說「那條魚實在太大了，真可惜。」也因為這樣，他對於原本應該到手的更大權力有了益發執著的意念。

小汀姊的病是因為遭受老大那股執著意念附身嗎？若是這樣，為什麼會挑上小汀姊呢？太痛恨慶二伯父所以要奪走他的寶貝女兒嗎？

「對了……為什麼要問這些事……」慶二伯父開口還沒問完，就有電話打進來，是瑞羽伯母。

掛斷電話後，慶二伯父站起身。「小汀的狀況好像又惡化了，我過去一趟。你待在家裡。」

伯父對長谷指示的聲音聽來很冷靜，有種事態嚴重的感覺。

「今天就住下來吧，夕士。」慶二伯父輕輕一笑就走了出去。

房間裡只剩我們倆。慶二伯父的書桌上還放著惡鬼恭造的圖畫。

長谷一把抓過圖畫說：「我們到妖怪公寓去吧，稻葉。」

「你不用待在家裡嗎？」

「沒關係，先去聽聽龍先生怎麼說。」我們騎著機車，疾駛在夜晚的街道上。

潛水

到了妖怪公寓溫暖的客廳，我和長谷才在夜晚空氣中奔馳到全身凍僵，琉璃子特地為我們做了蛋花烏龍麵。細細的烏龍麵裹著軟嫩光滑的蛋花，搭配口味溫和的高湯，怎麼好吃到這個地步呀！一下子身子都暖起來了！

「琉璃子，我也要來一碗蛋花烏龍麵。」

「啊，還有我！」詩人和龍先生好像無法抗拒高湯的香味。

四個人大口吸食烏龍麵，一邊流著鼻水，我和長谷把從慶二伯父那裡聽來的往事告訴龍先生。

「慶二先生看來就像恭造老大去除毒質之後的改良版本耶。」

聽完之後第一個開口的詩人這麼說。

「沒錯。」我和龍先生用力點點頭。

「龍先生為什麼畫出的是老大年輕時期呢？」

「這是因為他展現的模樣是最有感觸的那段時期，其他也有出現死亡時的模樣，或是自己理想中的樣貌等等，各式各樣。」

「哇～」我們幾個大表感佩。

「不過，聽起來實在太諷刺了。唯一繼承自己天分的兒子，竟然對自己這麼反彈，而且還是日後才發現，一定懊惱得要命吧。」

詩人露出苦笑。

「也難怪會形成一股怨念和執著的意念了。」

聽到龍先生這麼說，長谷的喉頭發出一聲低鳴。接著龍先生伸出手，疊在長谷放在桌上的手。

「透過你的『血緣』試試能看到多少吧。」

長谷的表情顯得緊張了起來。「麻煩您了。」

龍先生凝視著長谷的另一側，客廳裡頓時呈現一片寂靜。跑到客廳來的小圓一看到長谷就搖搖晃晃地想靠過來，卻被我制止。

「你先待在這裡一下子哦，小圓。」

小圓坐在我的腿上，一臉詫異地望著長谷和龍先生。

「……原來如此，真是個美男子！……在鄉下地方的確很顯眼啊。」

龍先生似乎大吃一驚，嘆口氣說著。但其實龍先生本身也是美男子呀。

「我也想看看，沒有照片之類嗎？」

「應該沒有年輕時期的，這倒讓我想起來，他好像不太愛拍照。」

過了一會兒，龍先生輕輕皺起眉頭。

「……老大的背後……好像有什麼……」

「……」

「不清楚他的出身呀……好像是個貧窮的小村子。對老大而言，故鄉跟出身都無所謂吧。」

龍先生的眉頭愈見深鎖。

「他……」

說到這裡突然停下來。

「他……幼年時期好像受到嚴重的虐待。」

我和長谷對望了一眼。

「不過……他把這些情緒反彈出去，感覺不到他的哀傷或痛苦。反彈出去是講得比較好聽……事實上，從他身上感受到一股嘲諷，對虐待他的人有強烈的汙衊，還有……殺氣。他犯下的第一樁罪行很可能就是『謀害親人』。」

我長長地吐了一口氣。明知道自己這樣很不莊重，但我覺得越來越像橫溝正史的小說情節了。

「意思就是老頭子那身兇惡的個性不是來自不幸的遭遇，而是與生俱來的。」

「嗯，個性的確是這樣……」

龍先生繼續尋找，一會兒之後瞇起雙眼低吟著，「嗯～」

「怎麼了嗎？」

「在老大背後的……他是小時候遇到『那個』的，大概十二、三歲……『那個』在深山裡面，不知道為什麼會在那裡。他是到深山裡找食物時遇到『那個』……不小心遇到了……」

「那是什麼？」

我們每個人都探出身子。

「是『力量』。」

「力量？」

「這……該怎麼解釋呢……雖然很強大卻單純，沒有明確的意志……對了，先前提過附身女明星的獸神吧，就跟那個狀況差不多。只是碰巧在那個地方，偶然附身而已。不同的是，這股力量保護了老大。」

「為、為什麼要保護他呀？」

「……嗯～只能說他們頻率相同吧。」

「那股『力量』是妖怪嗎？」

「比較接近神靈，沒有實體……我能感覺到黑黑的一團……」

龍先生邊說又在小圓的圖畫紙上畫起來，只見一團像龍又像鬼的生物，宛如胎兒一般蜷著身體。

「這應該是老大的想像吧。」

「但聽說老大不相信這種事情。」

「他只是自己沒感覺吧，把這個『可怕的胎兒』當成是內在的自我。偶爾會有這種人，本身對神靈之類的訊息毫不在乎，卻被附身或背負著重要的守護靈。」

千晶也屬於這類人吧。根據秋音的說法，可能有高階的守護靈跟著他，但他雖然有過超自然現象的經驗，本身對神靈之類好像也不太敏感……說起來我也一樣?!

「匕首刺不了他……也是受到力量的保護嗎？」

龍先生點點頭。

「老大受到一股靈力保護，但並非那股力量刻意這麼做，也不是老大有意驅使那股力量。力量只是純粹存在於老大的內心，對那股力量來說，大概只覺得待在那裡很舒適吧。」

「聽起來真是一場可怕的邂逅啊。」聽詩人這麼形容，龍先生點點頭。

「因為屬性很類似吧。」

条東商校神祕小房間裡的「意念怪物」，和同樣詛咒女人那個行屍走肉的「三浦」之間的相遇。如果三浦沒到那個地方，「意念怪物」肯定現在仍在原處。這簡直就是命中注定最糟糕的一場邂逅。

「不過，老大已經過世了，這麼一來那股力量應該也獲釋才對呀。在力量沒有明確的意志下，應該會回到原來的地方，要不就是跟著主人的魂魄到另一個世界……但目前這股力量哪兒也沒去，至於牽絆它的……」

「是老頭子執著的意念嗎？」

這聲音聽來很平靜。長谷和龍先生彷彿對峙似的看著對方。

「是的。老大對於捨不下的權力有太深的眷戀，對照理說應該成功的未來還很有野心。如果慶二先生留在本家，如果瑞羽小姐和叡仁先生結婚，如果有你和小汀這樣的孫輩……慶二先生一家人正象徵著老大沒能實現的夢想呀。」

「……」

龍先生的表情突然變得嚴肅。背後頓時竄起一股涼意。
「恭造老大試圖借用小汀的身體重生！」
在場所有人都嚇得往後仰。腦中浮現X光片中小汀姊腹部那個胎兒外型的腫瘤，頓時冒出一股類似作嘔的惡寒。
「怎麼會有……這麼離譜的事……」
長谷的臉色明顯越來越慘白。
「當然，這種事是不可能的，雖然這類魔法也不是沒有。不過，這一切都是將『想像』具體化。」
「只要出生在慶二先生家，自己的所有夢想就能實現……這份狂想擴大到成了執著、怨念，在老大臨死之前，他的遺憾和眷戀就是強烈到這種地步。然後，那股執著獲得了力量，就化為『具體的型態』，也就是小汀做的夢，還有身體上出現的變化。」
沒有形體的神靈「毀滅」。在「彎曲」的想像下，真的讓湯匙彎曲。
想像化為物理現象呈現，這是超能力或魔術中的基本原則。
「老頭子那股想生在我們家的執著……真的會出現在小汀的身上……？」

「會以不完全的型態吧。或許老大借用小汀的身體，是將那股想像化為胎兒寄宿在子宮裡，但實際上只成了在子宮外的一顆腫瘤。想像中或許打算『依循著該有的步驟』，卻無法實現。」

在想像上依照一定的步驟，這也是魔法的基本工夫。所以成了鬼魂的恭造老大才會出現在小汀的夢裡。不過，本身既然不是術士，老大不管想在夢裡做什麼，都不可能讓小汀姊在現實生活中懷孕。

（不過……這麼一來，該怎麼辦呢……？除非對象昇華，意念是不會消除的。什麼狀況下才能讓老大的執著昇華呢？）

「腫瘤在目前的醫學上仍然束手無策，而且這不是自然生成，也沒辦法動手術割除。該怎麼辦才好？」

龍先生嘆了口氣。

「就像我當初講的，這不屬於鬼魂或妖怪的領域，也沒辦法靠我的咒語或夕士的療癒能力來解決。這屬於人類超心理學的範疇。」

「超心理學……」

「這種狀況下只能進入對方的心理正面對決。」

「正面……對決?!」

「修正在心中的想像，或是加以破壞。」

進入別人的心裡？然後改變在那裡的想像？聽起來好籠統啊。

「長谷。」龍先生瞪大眼睛盯著長谷。

「你去吧。只有你能了解一切，進入老大的心裡。」

長谷愣了一下。

「我?!」

「他的目的就是要重生。但要讓他接受事實，就是即使留在小汀的體內也無法達成願望，要不然就得打擊他的這股意志。想救小汀就只有這條路。老大的能力固然漸漸衰弱，但還是來不及。」

龍先生的態度相當嚴肅。話說回來，這個人本來就不會拿這種事開玩笑。不過……

「這、這種事辦得到嗎？」

「你說進入到想像中嗎？」

「這種手法叫做『潛水』。直接潛入對方的夢境或內心，探索隱藏的祕密及深層心理，也可以說是超心理學版本的催眠療法。當然，你不會像電影『聯合縮小軍❸』裡那樣縮小。」

龍先生露出淡淡苦笑。長谷依舊沒回過神繼續說。

「我……要潛進去嗎？」

「如果有共同的夢想或心態，也可藉此當作通道。至於你和老大之間，就是血緣關係嘍。此外，還有老大對慶二先生一家人的執著，這更是一條大通道。」

長谷眨了眨眼。

龍先生緩緩轉過頭望向我。

「要是夕士可以陪著長谷一起去就更好了。」

「我……?!」

「要進入對方的內心，也只能自己『跳脫意識』。其實原本應該要先鍛鍊強化自己的想像，但現在已經沒有時間，這部分我會支援。」

我其實不太了解龍先生說的意思。跳脫意識？強化自己的想像？

❸原片名為「Fantastic Voyage」，一九六六年上映，是第一部利用微縮科技深入人體拍攝的科幻片，二〇一〇年有重拍版本。

「要讓靈魂出竅嗎？」

長谷這傢伙就是有這種亂七八糟的知識。

「就像『駭客任務』呀，對吧？龍先生。」詩人說。

「啊，對耶，講這樣比較容易了解。」

我和長谷對看了一眼。我們倆一起去看了「駭客任務」這部電影，長谷回想著電影情節，一面低喃。

「把身體留在現實世界，只有意識進入母體裡……」

「沒錯。這個狀況下的母體就是恭造老大的內心，深層心理之中。他應該和那股力量同在那裡。因為通道很大，我想長谷應該能迅速進入，不過，要傳遞我的力量還是要有夕士這樣具有靈力的媒介比較好。」

「能夠進入老大心中的只有長谷，然後能進入長谷內心的只有夕士……對吧？」

我和長谷再次對望。

我輕輕點了下頭，握住長谷的手。

「我好歹也是個菜鳥魔法師唄。」

我笑著說，長谷卻沒笑。我握著他的手更用力了一些。

「走吧，長谷。我們得救救小汀姊，再這樣下去她會被老大殺了！」

「……」

「我沒辦法出手攻擊老大的內心，但可以朝『力量』下手。」

我一說完，龍先生就給了我們一張寫著「禁」的牌子。

「只要貼上這塊咒語牌，就能封印住『力量』吧。這麼一來，老大的意志力應該會減弱很多。」

我接過牌子。

「這個……要怎麼帶著呢？」

「當然也得靠想像攜帶嘍。」

……怪怪的。

長谷依舊不發一語。或許他對於自己捲入「這類狀況」還沒有實際的感受。不過呢，長谷，這裡可是「妖怪公寓」唷?!

「在那邊可以用小希哦。因為它本來就沒有實體。」

「真的嗎！……嗯，反正我想大概也起不了什麼作用啦。」

「怎麼能這麼說呢！主人！」

富爾突然出現在桌上。

「小的一行將會竭誠協助主人，鞠躬盡瘁死而後已！任憑主人隨意差遣！」

「好啦，知道了。」

「潛水」在妖怪公寓的某個房間裡進行。

花了一點時間才在房間裡做好準備，我和長谷就在我房間裡等待。

窗外看得到妖怪公寓夜晚的庭院裡飛舞著淡淡的小光球，大小就跟握起的拳頭差不多，宛如棉花輕飄飄的發光體，發出淡淡紅、綠、黃的光芒，飄浮在空中不會落下。庭院角落好像聚集了發出微弱光線的一小團東西，偶爾還會有銀色的東西宛如流星畫過夜空。

長谷愣著直盯窗外出了神，他大概還沒進入狀況。即使平常出入妖怪公寓，圍繞在妖怪、精靈、鬼魂之間也不以為意；或是突如其來聽到朋友成了魔法師，也只是笑著說「是哦」……一旦自己成了當事人……果然不一樣啊，真的笑不出來啦。

縱使嘴巴上說「我最了解你」，但真是這樣嗎？我忍不住這麼想。或許有了解的部分，有共鳴的部分，卻不是那種「什麼都懂」的想法。這麼一來，會在本身都不知不覺的狀況下立刻變成「偽善」。

長谷看看我。

「不好意思，把你扯進來……」

「你在胡思亂想什麼呀，笨蛋！」

我輕輕拍了一下長谷的頭。

人的心就像萬花筒，會隨著各種想法陷入漩渦，雖然懂得這個道理，但終究無法適應。

我們只能一點一滴慢慢理解成千上萬的心理片段，就算得花上一輩子的時間，也只能這樣一點一滴邁進。

我把雙手搭在長谷的肩上。

「長谷，這個狀況或許有些特別，不過對手可是個人唷。當事人還是把自己當作人，所以這跟你在長谷本家見到老大時沒什麼兩樣呀。」

沉默了一會兒之後，長谷輕輕點了點頭。

傳來一陣敲門聲，龍先生從門口探進頭來。

「該走嘍。」

「來吧‼」

我對著長谷高舉雙手，長谷看到之後似乎也下定決心，和我擊掌。

妖怪公寓有好幾個沒在用的房間。實際的房間顯然比公寓外觀看起來還多，嗯，倒也像這棟公寓會有的風格啦。

龍先生打開一樓靠內側的房門，有一間三坪左右、空蕩蕩的房間，四個角落點著蠟燭，房間裡彌漫著迷濛柔和的燭光。

「你們倆在這裡躺下。」

在龍先生的指示下，我和長谷並排躺下。

「長谷要緊緊握著夕士的手，你們倆都要仔細想著自己的模樣，從穿著、髮型……夕士，咒語牌帶了吧？」

「有！」

我右手上緊緊握著咒語牌。

「你也要清楚意識到手上握有咒語牌哦。」

我們倆對看了一眼。

長谷熟悉的臉，黑髮，黑眼珠。眼睛一帶跟慶二伯父神似，至於白皙的皮膚是遺傳到瑞羽伯母。剪裁講究的襯衫，搭配墨綠色的喀什米爾毛衣，名牌牛仔褲……啊，不對，腦子裡要想的是自己的模樣！呃，前陣子剛修過頭髮，前面劉海比以往短了一點點，貼身內衣是在花車特價時買的便宜貨，灰色的喀什米爾毛衣是長谷的舊衣服，還有兩件三千塊的牛仔褲……

（啊……）

我伸手隔著衣服碰碰胸口。再次清楚感受一下平常掛在脖子上的那只裝有龍先生頭髮的幸運符墜子。

長谷握著我的那隻手又用力了一些，我也緊緊握著他。

「接下來……閉上眼睛。」

龍先生用手掌輕輕蓋住我們的眼睛。

全身頓時就像飄了起來，一股入睡時的感覺襲來，身體輕飄飄的，有種舒服又似不安的感覺。

接下來彷彿一瞬間，又像過了一會兒，一回過神來發現身在黑暗中，自己的身體發著光。

「唔……！」

發呆一下子之後，看出身體稍微透明，但確實出現顏色。衣服也還穿著！

「啊，不過感覺模模糊糊……」

毛衣上原本有的紋章只成了白白的一團，看不出圖案。

「稻葉。」

我突然回過神，發現有人緊握著我的手。長谷也是以同樣的模樣出現。不知道是不是心理作用，覺得他好像比我清晰，牛仔褲上的品牌標誌清楚浮現。

「哈哈……真厲害耶，我們好像鬼魂哦，還輕飄飄的！」

面對驚人的體驗，一時之間忍不住心跳加速。

「你們倆先冷靜，讓情緒平靜下來。」

龍先生的聲音不知道從哪裡傳來，感覺像在耳邊，又有點像在腦子裡。

「長谷，你想想恭造老先生。」

長谷表情顯得有些僵硬，但還是輕輕嘆口氣閉上眼睛。

不知道接下來會發生什麼事，我的心跳得更快了。冷靜點，冷靜點，不斷對自己這麼說。然後我突然想起來，趕緊看看右手，稍微鬆開握緊的拳頭，龍先生給的「禁符咒」還好端端地在掌心。我鬆了口氣。一瞬間又驚覺一事，轉過頭看到塞在褲子後方口袋的小希，我忍不住噗哧笑了。

這時，不曉得打哪兒來，突然有個「哇啊啊啊啊」的聲音，像是低吟，又像吼叫，不能說是聲音也不算動靜的感覺出現。

在我們眼前的一片漆黑中，出現一條光的隧道。

「這就是……『通道』……?!」

隧道裡隱隱閃著宛如夕陽般又紅又黃的光線，有種不祥的預感，在在透露出前方沒什麼好事的感覺。

龍先生的聲音再次響起。

「我只能幫到這裡了。我沒辦法到另一頭，我把維持你們本身想像的力量寄放在夕士身上。」

長谷直盯著隧道，紅光映射在他膚色白皙的臉上。

「雖說恭造老先生化為惡鬼一般的執著，但他終究是人類。你們這場拉鋸是人類對人類，沒有什麼應對不了，當然……還是可能遭遇不測。」

是啊……人心難測。就連龍先生這麼高階的靈能力者，也有無法預測、無法理解的事情。

龍先生接著又對實際上站在內心入口的我們說了。

「我相信你們倆一定有辦法能應對料想不到的狀況，但也不能百分之百保證，只能告訴你們，一旦有什麼狀況，就趕快回來吧。只要想像自己要回來就行了。」

龍先生問我們做好心理準備了沒。

我握著長谷的那隻手更緊了些。

「欸，長谷，反正有什麼狀況只要腳底抹油就好啦。」

我拉著長谷的手，朝向隧道高舉。

「走吧！」

長谷用力點著頭。

黑暗底層

穿過鮮豔的紅隧道之後，又看到一片血色天空。

是一處相當偏遠的鄉下地方，大概在古裝劇裡出現的貧窮小村子，周圍是高山和森林，夕陽躲在山後，將景致染得一片暗紅。看得出來沒有半個人，這就是恭造老大內心的風景。

我們走進村子裡，顯然長谷被一股力量牽引著。

一間破舊簡陋的房子打開門，屋裡站著一個十歲左右的小孩子，光溜溜的身子沾滿鮮血，手上握著一把柴刀，在他腳邊的血泊中躺了一個男人。

那孩子宛如日本人偶一般清秀的臉上沾了血跡，望著我們輕輕笑了。

我們倆只能瞪大雙眼愣在原地。

（小時候的老大……這麼說來，那個人……該不是他爸爸吧……?!）

長谷臉上血色盡失，一片蒼白，緊咬著嘴唇。一想到「這攤血」可能流到自己身上……換成我的話……我趕緊甩甩頭。

我還沒來得及開口，長谷就拉著我的手臂。

「走吧。」

一整排簡陋破舊的房子裡，從敞開的門看到好幾個老大。偷竊、欺騙、推倒女人、踐踏滿身是血的男人。每經歷過一次，老大就變得更加耀眼美麗，全身上下彌漫著一股芳香般的性感以及危險的氣質，人們就像飛蛾撲火似的對他深深著迷。

經過一整排住家後，來到一處廣場。

有一隻大鬼盤踞在此，全身蜷曲得像個胎兒，看起來好像睡著了。

「這就是那股『力量』嗎？」

廣場再過去什麼也沒有，只是一片無窮無盡的暗紅色空間。抬頭一看，比暗紅色天空更高的地方整個黑漆漆。這不是夜晚的黑暗，一定是內心的黑暗。那片黑暗黏糊糊的，看起來像擠成一團，有種令人窒息的壓迫感。

正當我們打算朝廣場前進時，腳邊突然有個踢到硬物的聲響。大地不知道什麼時候變得一片白。長谷低喃著：「……這……全部都是人骨耶。」

我打了個冷顫。看到至今有這麼多因為老大而犧牲的人，不寒而慄。踏上去心驚膽戰，但也沒辦法。

「稻葉。」長谷拉著我的手。

鬼的面前冷不防出現一個人站著。

跟龍先生畫的圖像一模一樣。一身和服、披肩加草鞋。散亂的頭髮，還有那支鬼菸管。

我跟長谷都瞬間冒出一身冷汗。

這恐怕是恭造老大最有「力量」的時期，是他三、四十歲時的模樣。只是靜靜地站著，反而讓人更害怕。

低著頭的老大慢慢拿出菸管叼著，吐了一口菸，一張耀眼清秀的臉龐，撇了撇嘴。

「現在還來做什麼？厚著臉皮大搖大擺出現在我面前，你一點都沒變，還是個討人厭的小鬼呀。」

感覺不太對。完全沒有口音，好像演員的腔調。

「老大是哪裡人啊？對哦，你不知道。」

「你說腔調嗎？老頭子從以前就這樣講話，用這種腔調生起氣來，連大人都會嚇得發抖，老頭子都用這招。」

是在哪裡學的呢？在鄉下如果有個美男子用不同的腔調說話，一定會顯得格格不入吧？難道老大就是利用這一點嗎？

「敗筆……」

老大突然這麼說。

「你……簡直是個大敗筆……」

他長長地吐了一口菸管裡的菸。

「不過，這個失敗可以挽回。」

老大說完，得意地瞇起眼睛，意有所指咧著嘴笑，露出牙齒。

「失敗是無法挽回的。」

長谷斬釘截鐵地說。

「你好像企圖潛入小汀的身體，但實際上你只會變成噁心的肉團！你以為靠那一團肉就能重生的話，那就大錯特錯了！」

老大一臉不高興地皺起眉頭。

「態度還是這麼傲慢，你這小子一點都沒變啊。」

「……欸，長谷，老大好像把你……」

「嗯，看來他好像把我跟老爸搞混了。」

長谷深深皺起眉頭。

「我是泉貴啦，慶二的兒子。」

接下來老大仔細打量著長谷，一會兒之後他的表情就像凍僵一般冷淡。

「……那就更不應該用這麼傲慢的態度跟我講話啊。」

說完之後，老大嘴邊露出牙齒，俊美的臉龐漸漸變得像一只鬼面具。

突然轟的一聲，我們腳邊著了火，簡直就像他的怒火在瞬間點燃，下一秒鐘我放聲大喊。

「皇后！梅洛兒！」

「梅洛兒！我乃水之精靈！」

唰——大量的水從天而降，一下子將火焰澆熄。

富爾輕輕巧巧落在我肩上。

「富爾？咦？我剛才……」

富爾在我肩上深深一鞠躬。

「這裡是想像的世界。即便不打開小希，只要主人起心動念，我等就能發揮力量。」

我和長谷對望了一眼。

「哇！這麼厲害！」

變成鬼的恭造老大直瞪著我們倆。看起來好像見到小希的威力過於錯愕，卻也像是本身不動如山。

長谷很不高興地說：「看來老頭子好像很怕我老爸，一發現我不是老爸之後，就變得很強勢。」

長谷似乎不太甘心。老大看不起他，自己爸爸的存在又如此巨大，身為一個男人，的確很傷自尊心哪。不過，長谷握著我的手卻更用力了些。

「隨你怎麼瞧不起人吧。反正我有稻葉，看看我的左右手，保證讓你嚇破膽。」

長谷對我露出得意的笑，我也對他笑了笑。富爾豎起大拇指。

「你忘了嗎，恭造老頭！你已經死啦。事到如今任何眷戀和執著全都沒用，死心吧你。」

老大雖然站在我們面前，眼睛卻好像看著別的地方。

「你這傢伙懂什麼……」

地面一陣搖晃，轟的一聲瞬間出現好幾根巨大的石刺。

「力量！哥伊艾瑪斯！」

石造精靈人偶保護著我們。石刺一碰到哥伊艾瑪斯就化為粉碎。

「我的帝國應該要更強大才對，為什麼一夕之間全停了下來！到現在我還是搞不懂……」

老大自言自語，似乎對我們、對石刺，全都不看在眼裡。

（這……是老大在無意識之下發動的攻擊……？）

老大不僅對攻擊一事毫不知情，說不定什麼都沒看見。

（這麼說來，這果然是那股「力量」幹的嘍？）

我看到老大背後的鬼。鬼只是緊閉雙眼，蜷成一團，感覺不出任何意識，也沒出現一絲波動。

「地方上的政治人物已經不重要，之後的目標只在中央，我不擇手段才走到這個階段，眼看目標就近在眼前。」

老大直到此刻才看著我們。

「到了這個地步怎麼能放棄呢！我要脫胎換骨，重生來完成我的帝國！」

長谷冷冷地皺起側臉。

「真膚淺。事到如今還對放走的小魚念念不忘，讓惡鬼恭造聽到一定覺得很傻眼。」

「……你說什麼？」鬼面具睜大著閃爍金光的雙眼。

「明明是你自己沒看出慶二的天分，白白錯失機會，而且幾十年來始終不屑一顧，等到發現再也無計可施，卻回頭沉迷慶二的那份才幹?!你有沒有自尊心啊！」

我們和老大之間突然轟地冒出一大團火焰，嚇得我們趕緊跳著往後退。

「開什麼玩笑!!我會沉迷慶二的才幹?!你在做夢啊?!」

「你想從小汀肚子裡獲得重生，不就是鐵證嗎！」

「……臭小子，你到底莫名其妙講些什麼啊？真是個討人厭的小鬼。」

「？」我們倆相視一眼。

「長谷……」

「嗯。」

「老大……搞不好是在一無所知之下做出這些事……」

長谷用力嘆口氣。

就像現在眼前燃燒的火焰，還有剛才的石刺，全都只是具體顯現出老大無意識的想像，會不會他本身什麼都沒做？

（對呀……老大對那些靈異事物一無所知，應該不了解只要他一想像，就會變成物理現象吧。對小汀姊做的事自然也不是出於刻意……）

「就算沒有慶二的幫忙，我也可以靠自己的力量打造帝國！我就是這麼有實力！我靠著自己的力量奮鬥到這個地步！就算陽壽盡了又怎麼樣？我一定可以馬上脫胎換骨重生！」

對呀，就是這樣！

老大只是有這個想法。

事實上他很想借助慶二伯父的力量，很羨慕慶二伯父的才華和人脈，在無意識的想像中，內心以扭曲的樣貌展現出來。不過如此。至於本身，至今仍只相信「一己之力」。

「別讓這傢伙順勢反擊啊……」

長谷低喃。

惡鬼恭造的模樣隔著一團猛烈燃燒的火焰搖晃，醜惡的鬼面具這時看起來更加扭曲，不堪入目。

「去跟慶二說！往後別在我面前出現！我死也不會借助他的力量！」

「富爾，咒語牌要怎麼貼呀？」

不論是老大，或是在他後面的鬼，我都盡可能不想接近。富爾交叉起短短的手臂。

「這個嘛，就用潔露菲吧。」

我攤開緊握咒語牌的手掌，把咒語牌舉到眼前，全神貫注看著對面的那隻鬼。

「女祭司，潔露菲！」

咻!!頓時颳起一陣風，咒語牌朝著鬼乘風飛去，然後正中鬼的身體緊緊貼住。長谷忍不住吹了一聲口哨。

「帥呀！跟想像中一模一樣！」

「真是卓越優異的操控，主人！快唸咒語吧！」

「啊，對哦。」

龍先生先前教我的咒語。我在腦中想像著用繩索綁住惡鬼的畫面，同時指著咒語牌高喊：「禁！」

下一瞬間惡鬼銷聲匿跡，感覺就像切換電視畫面。

接下來整個世界的顏色變淡，熊熊烈焰也逐漸變得微弱，最後熄滅。

「……怎麼會這樣？」

老大一臉困惑，搖晃著雙腿當場跌坐。

「怎麼會……突然這樣……？」

他的臉上不見兇惡表情，一下子變得衰老。

（不用這麼驚訝吧……？）

我心裡這麼想，但突然驚覺老大對於咒語牌的意義，還有我的舉動都一無所知。對於那股「力量」一直支配著他……也渾然不覺。所以他無從防範，也沒有抵抗的意思。長谷深深嘆了一口氣。

我們慢慢接近倒在地上的老大，惡鬼恭造一張臉上布滿皺紋，不過，那張臉依舊宛如惡鬼面具。這就是這個人真正的面貌嗎？

「已經結束了，你接受事實吧。」

長谷平靜地說。老大勉強地掙扎。

「不……還沒結束……我……我還沒……」

「爺爺。」長谷在老大身邊蹲下來。

「就算你怎麼忽視我老爸，實際上你終究切不斷對我老爸的眷戀，你還是來向我老爸求助了。」老大驚訝地睜大眼睛。

「少胡說八道！我怎麼可能做這種事！」

「我沒有胡說八道啊，你的確打算借女人肚皮想盡快重生，但那個女人卻是小汀，也就是慶二的女兒。你記得吧？那個一頭長髮，眼睛跟慶二一模一樣的女孩子呀。」

老大的臉上頻頻滲出汗水。

「你並不是企圖利用慶二的力量，你根本是沉溺！因為憑你自己什麼也搞不定，就賴著我老爸。」

「不對！不對！不對!!」

老大的身體逐漸模糊，出現兩層、三層疊影，似乎快保不住自己的身體了。

（思緒正在瓦解……）

「你也會有束手無策的時候，別再硬撐，就承認吧。」

「閉嘴！臭小鬼！」

「事到如今賴著慶二又能怎麼樣呢？你以為那個人會對你唯命是從嗎?!」

「閉嘴……」

「你啊，贏不了慶二的，這就是命運！打從我老爸出生的那一刻，你就注定輸了！」

我從來沒想過可以用眼睛看到一個人的自我認知逐步瓦解，老大的身體突然變得模糊，同時就像沙子一點一點崩潰。

「我不會放棄……不會放棄的……不會放棄……」

瓦解粉碎的同時，老大依舊堅持不斷這麼說。其實這一切他都了然於心，卻連眼睛、耳朵、意識都刻意避開，虛張聲勢。他真是個悲哀的人。

如果能盡力救他的話……我不會說這種風涼話。光看他內心裡的景象就能清楚了解，這是個沒救的人。沒有人一出生就是大壞蛋呀，只要敞開心好好談，對方一定能懂。這種表面上的好聽話，在布滿這片大地的眾多犧牲者和他們的家人之前，只像沙漠裡的海市蜃樓一樣虛幻。

這個人為什麼出生，從哪裡來，命中注定該到哪裡去呢？

為什麼這個人會跟那股「力量」相遇？

這一切到底代表了什麼樣的意義呢？

竟然牽扯進這麼多人。

這……沒人知道。

而這些，是否也能套用在我們所有人的身上呢？

老大扭動著逐漸崩潰的身體，拚命掙扎。不肯認輸，就是這個人一生的寫照。

「不對啊……不對……全都不對！不對啦！我沒錯，我沒有輸……」

長谷嘆了長長的一口氣。

「主人。」

富爾在我的腳邊，兩手合抱著一個東西。那是被龍先生咒語牌變成一小團的那股「力量」。我從富爾手上接過一小團像乒乓球的東西，仔細打量。

「好酷，居然變成這樣。」

「主人，既然這個世界的主人已經消滅，這個世界也會隨著消失，得計算一下回到現實世界的時間。」

富爾回到我肩膀上說。

「不是會自動回去嗎？」

「是有這種可能性，但也怕毀滅時受到波及。」

「原來是這樣。」

但老大就算整個人變成不到原本的一半，一張嘴還在碎念個不停，心不甘情不願地扭動掙扎。失去了「力量」還能這樣，可見老大本身的意志力也不容小覷。長谷嗤之以鼻，哼了一聲。

「這才是老頭子啊。」

就在長谷站起身的時候，「喔喔喔喔——————！」

從老大變成半透明肉塊的身體，單單飛出一張鬼面，同時還發出鬼吼鬼叫，眼看著就要穿過長谷的身體，沒想到直接竄上高空。

「啊哈哈哈哈哈！嘻——哈哈哈哈哈!!」

鬼面具就像人的魂魄，拖著一條尾巴發瘋似的在暗紅色空中飛舞。我看得傻了眼。

「主人！」富爾高聲尖叫。

長谷倒在地上。他的身體逐漸被一團黑霧覆蓋。

「長谷!!」

我靠著長谷的身體。

「長谷！睜開眼睛呀！長谷!!」

我拍拍長谷的臉頰，他卻毫無反應。這時黑霧仍逐漸擴散。

「怎、怎麼搞的？發生什麼事了？」

我根本沒餘力去思考，富爾好像說了什麼，但我完全聽不進去。

長谷，會死……！

這樣下去，長谷會死！

我心裡想著，一面伸出手貼在長谷胸前。

不知道該注入我多少力量才好，這種狀況下實在很難精準控制。沒時間了，總之，要盡我所有力量……

富爾雙手交疊，做出禱告的動作，站在我面前。

只露出一絲為難的表情。

不對呀。我可沒打算讓自己死吧？

「千萬別想著要犧牲自己去救其他人，這麼做的話，對方也很難過吧？」

說了不是這樣嘛，千晶。我沒想過要為了長谷而死呀。

我只是……

我只是不能讓長谷死掉而已。

本來就是這樣吧？
長谷還有家人耶。
當然，我也有我的家人。伯父他們一家人，還有妖怪公寓裡的大夥兒，都是我重要的家人。
不過，這完全是兩碼子事。
我……
我不想讓長谷的老爸還有母親難過。
我只是不想讓他們倆失去孩子。
不可以讓這種事發生。
這和我可能會因此送命完全是兩碼子事。
你懂嗎？長谷？
你一定會懂吧？
我再說一次哦。
我可沒打算死掉。
我不會因為要救你就貢獻自己一條命啦。

你一定可以了解我的心情，長谷。

我相信你。

我相信你哦，長谷。

我面對不發一語直瞪著我的富爾，輕輕笑了笑說：「抱歉啊。」

不過就是永遠，沒啥大不了。

啪……我突然醒來。

「夕士！」

眼前出現一張塗鴉臉。詩人盯著我瞧。

「咦？我……」

我的腦子有點混亂。

「知道我是誰嗎？」

「呃，一色先生吧?!我……我得救了嗎！」

「呼～～～！太好啦!!哎呀呀！」

詩人大大鬆了口氣，一屁股往椅子上坐。

「醫院……」

寬敞的病房。這裡，不就是小汀姊住院的那家醫院嗎？我怎麼會在這裡？

我想坐起來卻忍不住低吟。好重！整個人像被灌了鉛。

「啊，等一下。不可以一下子爬起來哦，我先去找主治醫生過來。」

詩人按下求救鈴。

「夕士已經清醒了，可以請主治醫師過來嗎？」

「呃，那個，一色先生，長谷他……」詩人露出微笑。

「他很好啊。」

太好了……！

我不需要冒死給他力量救活他，真是太好了。

我想得太簡單，因為長谷得救才重要。

主治醫師來了，先幫我量了體溫、血壓、脈搏、眼球的活動，接著是測試指尖的感覺，還有腳尖的感覺，做了各項測試。我雖然覺得身體很重，手臂、雙腿倒還動得了。指頭的動作也很正常，握力似乎稍微退步一點。

有人扶我起床，時間已經是上午十一點，外頭的陽光很刺眼，窗簾已經放下來。病房裡插了好幾盆花，還掛著畫家的圖畫。

有種說不出來的感覺。

「你伯母待會就來了。」

「一色先生是來探病的嗎？」

「今天剛好輪到由我負責。我們協議能撥空的人就過來。」

不久之後惠子伯母就來了。

「夕士！」伯母一看到我就泛起眼淚。

「抱歉……讓妳操心……」

「太好了，真的太好了。」伯母不停地不停地攏著我的頭髮。

「報告一下……身體狀況也恢復正常……」主治醫師外的另一位醫師過來。

「待會見嘍，夕士。」

詩人出去之後，病房裡剩下我、伯母，還有兩名醫師。

「稻葉同學，我要告訴你一件重要的事。」我心頭一驚。

「怎、怎麼了？呃，該不會是我的身體癱瘓之類？」

「哦，這倒不會。你的身體現在確實不太聽使喚，但這也是常有的現象。」

醫師搖搖手。

「就是……你昏睡了很長一段時間。」

很長一段時間……？

我看看伯母。伯母輕輕點了一下頭。

「話是這麼說，但也沒到三、四年那麼久啦。」

醫師指著自己手錶上的日曆。

「你是在今年一月五號的深夜住進醫院，然後……今天是七月十三號。」

「……」

已經過了半年。

聽到半年過去，我更關心的是条東商校的畢業典禮，還有大學入學考試。

（呃……大考應該還可以重新來過吧？咦？……這表示，我留級了嗎？不對不對，不會留級吧，不會……）

伯母一臉擔憂地看著發愣的我，輕輕握起我的手。

「你會覺得身體很重，是因為長期以來一直躺著，但這只要經過復健就能馬上改善，加上你又年輕，運動神經也沒有出現異常。另外，可能有些記憶混亂的現象，這也會在過些時候就能好轉，不用擔心。」

年輕男醫師和藹地笑著說。原來這位是心理醫師啊。

我靜靜點了點頭。伯母已經快哭出來了。

「不要緊的。一聽到經過半年雖然很嚇人，但這已經算很好嘍。電影裡不是也有嗎，有人一躺就是好幾年。」

對呀。電影「死亡禁地❹」裡的主角臥床了五年呢；「追殺比爾❺」裡的新娘陷入昏睡狀態長達四年。現實生活中一躺躺了十幾年的病患，全世界也不在少數。

（不過就是半年嘛……）

長谷得救，我也得救，再也沒其他好抱怨了。

我在心裡不斷地，不斷地，這麼想。

外頭的光線特別耀眼，恐怕不單是因為我昏睡了太久，還有更換季節了嗎？從冬天跨越春季，來到夏天。

「我剛給惠理子還有她爸爸傳了簡訊，他們倆下班以後就過來。」

❹The Dead Zone。由史蒂芬・金原著改編，一九八三年上映的恐怖片。

❺Kill Bill。昆汀・塔倫提諾執導的黑色喜劇，二〇〇三年上映。

（啊，對哦……惠理子從短期大學畢業……開始工作了，從四月就成為社會新鮮人啦。）

「對了，對了，夕士，這間病房是長谷先生慷慨提供的，啊，也得通知他們一聲才行。」

「長谷提供的？」

「因為長谷說你之所以變成這樣，都是他害的。他說因為惡作劇推了你一把，害你撞到頭……你還記得嗎？」

「……」

「所以包括醫藥費還有其他支出，全部都由長谷先生負責。」

「不是長谷的錯呀！」我忍不住大喊。

「我知道，我知道啦，我知道這不能怪任何人哦，你冷靜點。」

伯母又一次次攏著我的頭髮。

「長谷先生除了醫藥費之外，還準備了一大筆慰問金，但我告訴他這些事等你清醒之後再慢慢跟你商量。」我搖搖頭。

「我不能拿。事情不是這樣的嘛，沒那回事……」

「我知道。不要緊的，我就知道你會這麼說。」

「你們不會想告長谷吧？不會吧？」

「沒這種事啦，別擔心。沒有人有這種打算，真的啦。」我快哭了。

長谷只能這樣解釋吧。說那是意外，說是惡作劇的時候不小心撞到頭。

（小汀姊怎麼樣了？老大呢？長谷……長谷現在還好嗎？千晶呢？還有条東商校的大夥兒……？）

腦袋裡盤旋著好多想法，好多事情都急著想知道。

啪答！有個東西撞上門。我大吃一驚抬起頭，看到房門緩緩打開，長谷就站在門口。

「長谷……！」長谷一臉錯愕看著我。

啊……他看起來還不錯。不過，瘦了一些。是因為我嗎？抱歉……

「你好啊，長谷。哦哦，是一色先生通知你的吧？」伯母平靜地對他說。

「夕士醒來了，而且很健康，沒有任何異常哦。身體感覺有點重，但醫生說復健之後一下子就能改善。」

伯母輕輕推了長谷一把，領著他走到我身邊，然後她就和兩位醫師走出病房。

病房裡一下子靜了下來。

沉默就像潮水，一點一滴、一點一滴充滿。

我和長谷只是望著對方，好一會兒什麼也沒說。

真高興你還活著。

我腦海中浮現長谷失去生命跡象的那張臉。一轉眼，他全身就籠罩在黑色打擊之下，當時我內心的焦急、絕望……感覺就像有人從背後緊緊揪住我的心臟。

宛如凍僵緊閉的雙眼，最讓人感到害怕，我真的很怕那雙眼睛再也睜不開。

長谷那雙烏溜溜的雙眼，現在正盯著我。睜得大大的眼睛，漆黑的黑眼球部分就像映射著夕陽的河面，閃閃發光。

我笑了。

「又見面啦。」我伸出沉重的手。

長谷拉起我的手，將我緊擁在胸前。「稻葉……！」

啊……

好溫暖。

我感受到他生氣蓬勃的身體，聽見他的心跳，感受到力量以及血液的流動。

緊擁著我的長谷，用他的全身傳達與我重逢的喜悅，而我「活著的喜悅」也衝擊著長谷再反彈回自己身上。

此刻，我還活著。

還有個和我產生共鳴的好友。

「對不起啊。」忍不住脫口而出這句話，一說完就掉下眼淚。

一想到差點失去長谷那一刻的心情，還有當時富爾的情緒，以及這半年來長谷及大家有多關心，原本已經充滿喜悅的內心，一下子更加充實。

「……不要緊。」長谷的聲音中也混雜著嗚咽，雙手微微顫抖。

「還可以再見到對方……都無所謂啦。」

止不住的淚水。已經不知道到底是高興還難過。

我們倆只是一個勁兒地哭著緊緊相擁。

「小汀現在很好。」長谷依舊緊抱著我，一邊說道。

「真的啊？太好了……真是太好了。」

「謝謝。」

「我才要謝你呢，這裡的開銷，還有……」長谷的雙手突然用力，像要打斷我的話。

「你救了我跟小汀的命耶，我不管做什麼都報答不完你的恩情。」

「這種話……別再說了。」這下子換我抱著長谷的雙手更緊了一些。

過了好一會兒，我們倆總算冷靜下來，同時深深嘆了口氣。這時，長谷的肚子突然發出咕嚕一聲。

「……對了，我還沒吃午飯耶。」

眼眶紅紅，一張臉更紅的長谷這麼說，讓我聽了忍不住大爆笑。隔了半年突然大笑，喉頭和胸口一帶好痛。

伯母和一色先生似乎就等著這一刻，走進病房。

「好了嗎？你們兩個。」

「長谷，吃中飯嘍。」伯母準備了三明治和咖啡。

「不、不好意思。」

「真可惜，醫生說夕士要明天之後才能恢復進食。」

「咦～是這樣嗎？」

我眼看著三個人在旁邊的小茶几（這個單人病房還有小茶几和沙發組哦）上吃

午餐，咖啡香快讓人受不了啦。

我的體力果然衰退不少，一下子就累得想睡。打了一會兒瞌睡之後，一睜開眼就看到長谷坐在沙發上看書。又打了一會兒瞌睡，醒來時長谷還在。

「你不用一直陪著我啦。」

「嫌我在這裡啊？」長谷噘起嘴。

到了傍晚，博伯父和惠理子來了。

「哇！真的醒了耶!!」惠理子愣在原地，眼中含著淚水。

「太好啦，夕士。」伯父摸著我的頭。

「讓大家擔心……」

「發生這種事真的很抱歉。」長谷低下頭道歉。

「不是……」我急著辯解，但伯父立刻搖著雙手。

「不不不，這件事就別再提了吧，長谷。夕士現在已經恢復了，醫生也說一切正常，光是讓你負擔這裡的支出，我們家和夕士就已經感激不盡了。對吧？」

我用力點著頭。

父女倆待了一會兒，就和惠子伯母一起回去。

「我明天還會再來。」

長谷送了三個人到門口，又是深深一鞠躬。

「抱歉，讓你當壞人。」

「你在說什麼呀。」長谷笑了。

「這點事沒什麼啦，我已經很習慣對人低頭，跟著我那個臭老爸實習，每天不知道得哈腰陪笑多少次，比較起來，向你家人行個禮，心情輕鬆多啦。」

「不過……」

「真相妖怪公寓裡的人都了解，對我來說這樣就夠了，就算全世界的人都怪我也無所謂。」長谷的語氣堅定。

我苦笑以對。這時，我總算想起一件事。

「對了，長谷……你，大學……」

「……嗯，我進東大了。」他平靜回答。

「這樣啊，果然沒錯。哈哈，真不愧是你呀。」

我笑著說，但笑聲乾澀。心想著也不能不考慮「那件事」了。

「……好啦，我該回去了，明天再來。」

「不用勉強哦。」長谷點點頭。

「晚安。」

「晚安……」

啪答一聲，房門關上了。

試圖思考些事情，但一下子就被瞌睡蟲打斷，其間有護士來量體溫、血壓之類的，我也在朦朧中接受……然後就這樣睡著了。已經睡了半年，怎麼還覺得睏哪。

隔天，我在床上活動雙腳，竟然一下子就能動；站起來試著走幾步，稍微有些搖晃，感覺腿部沒什麼力氣。

「上廁所可以自己下床到病房裡的洗手間，但一定要有護士的幫忙。除了上廁所之外，就在床上安靜休養。」

也就是說，光上個廁所就已經能充分達到復健效果。另外，醫師也准我開始喝水了。

那天上午，龍先生來看我了。

「龍先生……！」看到房門口那道黑色身影，我的胸口又溢滿了情緒。

「夕士。」龍先生露出溫柔的笑容，伸出手來，我趕緊用雙手握住。

「真是太好了。」

「讓您擔心了。」

「身體狀況怎麼樣？」

「沒什麼異常。昨天也睡得很好，明明已經睡了大半年。」

「你不是單純昏睡，而是身體被鎖住了呀。」

我大吃一驚。原來是這樣啊？

春節時聽龍先生說過，當時耗盡心力的他，為了不繼續消耗就進入「冬眠」，完全不做任何思考與感覺，靜靜等著恢復到某個程度。

窗簾之外是一片耀眼的陽光，病房裡滿是寂靜。

遠處傳來蟬鳴，是夏天了。

龍先生在旁邊的椅子上坐下，告訴我事情始末。

「當時，長谷的身體被恭造老大那團想像貫穿。於是老大毀滅前最可怕、憎恨最深的怨念……所有負面想像都從長谷的內心穿過，讓長谷沒辦法忍受，嗯，這也是很自然的啦，即使光受到一股強烈意念的波及，一般人也會受到重大打擊，何況完全暴露在死亡想像之下……長谷沒發瘋已經是很幸運了。」

我忍不住打個冷顫。電影「駭客任務」也演過，如果「意識」死了，「真實的主體」也會跟著死亡。實際上是變成空殼的身體無法獲得生存的活力，最後一切活動都告停止。

這就是龍先生先前說的「遭遇不測」嗎？龍先生點點頭。

「老大還在那裡。」

「什麼？」

「他還在那片黑暗深處的紅色空中笑著盤旋哦。」

我冒出冷汗。那副景象令人感到毛骨悚然又悲哀。

「沒想到老大本身的意志居然這麼強大，不過也可能因為他瘋掉了才能倖免於毀滅。」

「這種倖免的方式……也太討人厭了吧。」

我用力搖著頭。不過，說不定正因為老大沒被消滅，我們才回得來。因為當時富爾說我們可能會被老大消滅時的震撼波及。

「龍先生……小希……在公寓裡吧？感覺好像不在這個病房裡。」

龍先生盯著我一會兒，慢慢將「小希」遞到我面前。

「小希……只保住了你的命。」

「你為了長谷用盡全身所有的動力和活力，而且你也搞不清楚極限在哪裡……不過，小希守住了最後一道防線。」

當時，在我和長谷旁邊等待的龍先生，身邊突然冒出富爾，他對龍先生深深一鞠躬。

「黑衣魔法師大人。」

「發生什麼事？怎麼搞的？」

「主人將一切性命貢獻給長谷大人，這般犧牲多麼感人！真是令人動容的偉大友情！為了回報這份崇高的心意，小的一行人也要盡全力守護主人一條命。」

富爾說完又是深深一鞠躬。

「黑衣魔法師大人，主人就請您多多關照了。我等永遠長伴主人左右……永遠，永遠……」

富爾一邊說，接著便消失無蹤。

「魔法書《小希洛佐異魂》用盡所有力量，又回到封印狀態。」

龍先生的聲音頓時感覺距離好遠，我邊聽邊翻開小希。全都看得見，卡片上的所有名字都看得懂。如果真被封印，應該看不懂呀！

「富爾。」出來呀，富爾。你是我的僕人吧？

「富爾！」

臭傢伙，每次都愛這樣耍任性。因為可以自由出沒，就變得有時冒出來，有時又愛理不理。討人厭的時候不停冒出來，煩死人了！

「夕士。」龍先生摸摸我伸在被窩外的頭。

「別擔心。小希並不是被消滅，我剛說過，是遭到封印。換句話說，就跟你一樣上了鎖，只要能力一恢復就可以復原。」

「……千晶他……」

我趴在棉被上說：「我向千晶說明小希時……他說，犧牲自己去救其他人，對方也會很難過……。所以長谷……長谷他……很難過吧……！」

然後，「小希」不見了。

救了我之後就不見了。

「但是……你不後悔吧？」

「當然不會!!」

只有這句話我敢大聲說。一抬起頭，龍先生在我面前露出微笑。

「難過是理所當然的呀，所以不要緊，就放聲大哭吧。」

龍先生柔聲對我這麼說，眼淚一下子湧出來。

「我、我做不到啦！」

我又趴回棉被上。在龍先生面前，怎麼能像個小鬼大哭呢！但淚流不止的我拚命忍住聲音，靜靜抽噎。耳裡聽見龍先生輕輕笑了，還拍拍我的頭。

謝謝你，富爾。還有小希裡的這群精靈。

這就是我和你們相識的命運嗎？

無論如何我都想知道答案，所以你們一定要回來哦。

夢境裡曾出現的漫長道路

午飯時段出現了米湯。

「真想快點吃到琉璃子做的菜啊。」

我啜著米湯這麼說，龍先生也點點頭。

「我也覺得你回公寓吃琉璃子做的菜，會比在這裡恢復得更快。不過，這個單人病房還真豪華……」

「一天要多少錢啊？」龍先生環顧著房間喃喃自語。房間裡還有獨立的浴室、洗臉台、洗手間。放行李的不是置物櫃，而是一整座衣櫥，還有茶几和兩張雙人座沙發。超薄電視。窗簾是一層遮光和一層蕾絲的雙層款式，我猜搞不好一天的費用就要兩、三萬元呢。這種單人病房我自己絕對沒辦法住進來，正因為長谷的關係……

「龍先生……長谷的狀況……怎麼樣呢？」

龍先生又露出溫柔的笑容。

「長谷很了不起啊……從頭到尾都沒來跟我說一句，要我救你。只是默默承受這一切，真的很了不起。」

我的胸口又溢滿了情緒。

當時我對長谷說，我相信你哦。

長谷果然完全了解，我是在什麼樣的心情下把性命交給他。

「龍先生……」

我又和龍先生面對面。

「謝謝你……放著我不管。」

「聽你這麼說，我稍微能放心了。」

龍先生輕輕聳了一下肩。

這位魔法師也了解我的心情。如果是龍先生，大概能馬上讓我從昏睡狀態中清醒吧，而他也早就做好心理準備，可能會讓我或長谷「怨恨」。

「反正一定有人救我……人的性命在這種心情下不可能得救，生命和心理都沒那麼輕率。必須讓你當時的想法就停留在那一刻，沒有人能多加干預。如果我那麼做，你的想法和長谷生命的價值都會改變。即使你持續更長的昏迷期間，那也是你選擇的命運。既然是你的選擇，無論什麼樣的命運，你都有責任自己貫徹。」

龍先生這麼說，一雙眼睛深不可測。這個人絕不是只有和藹可親的一面，事實上非常嚴肅。

「你會怎麼背負著自己選擇的命運……其實我一直在觀察哦。」

對呀。有一大堆得好好思考的事。往後的事……

龍先生或許洞悉我的想法，只見他的眼神變得柔和。

「或許接下來會有很多煩惱，不過啊，夕士，有件事你千萬別忘記，就是『你還有很多時間』。」

「……好的。」

這時，長谷來了。

「龍先生。」

「嗨。」

長谷看起來很開心地說：「稻葉……沒事了。」

「是啊，太好了。」

看到龍先生報以微笑這麼說著，長谷好像快哭出來。龍先生緊緊擁抱他，長谷則在龍先生胸前靜止不動了好一會兒。看到這副景象，我又快哭了。

這半年來的悲傷、難過、苦悶，全都漸漸在夏日陽光中融化。

千晶曾經這麼說：「悲傷的時候盡情難過」，所以哭著大喊「好難過，好傷心哦！」這也像是一種轉變心情的儀式吧。

轉變心情之後，從此邁向新的人生道路，再回到日常生活。

那天晚上，慶二伯父和瑞羽伯母、小汀姊都來探望我。病房裡的鮮花從未間斷，都是瑞羽伯母送的。現在她又捧了一大把看起來很高級的花束，讓惠子伯母很不好意思。看到恢復健康的小汀姊，我心中感慨萬千。

「真的很不好意思啊，夕士。」我對慶二伯父這麼說：「伯父，以後別再提這件事了。我沒辦法解釋清楚，但真的一點都不關長谷的事。」

慶二伯父一家人面面相覷。

「嗯，既然你這麼說，那就這樣吧。」

慶二伯父輕鬆回答。不過這一家人應該沒人會責怪長谷吧。

慶二伯父一定察覺到「事態不對」。包括我陷入昏迷狀態，長谷當時的態度，然後同時原先重病的小汀姊，體內的腫瘤突然變小，三天後完全消失的奇妙現象。

慶二伯父保證會想「其中有什麼關聯」。他和老大不同，對「這方面」的腦筋也轉得特別快。

又隔了一天。

千晶的表哥，薰大哥來了。

「嗨！」

「薰大哥……!?」

「精神看起來不錯唷，夕士。太好啦。」

看到我在床上起身，薰大哥開心地笑著說。心中閃過一絲不祥的預感，為什麼來的不是千晶，而是薰大哥呢？

「千晶老師……身體不舒服嗎？」

薰大哥露出微笑。

「不要緊。」

他邊說邊摸著我的頭。

「只要你平安無事就不要緊了。我是偵察兵。看你現在的狀況，讓你見見直巳也沒問題吧。」

千晶動不動就愛硬撐，面對眼前的狀況想都不想就挺身處理。他有時候就像「特異功能人士」，能發揮超乎尋常的意志力，但之後反彈的後果也很嚴重。因為千晶只是個平凡人，沒辦法操控自己的力量。他一定一面擔心我的狀況，還很拚命工作。加上又是學期末最忙的時期，連一天也不能放鬆。

如果是他當老師之前經營夜店的情況，即使他休息也還有其他很多人手支援。所以從薰大哥和政宗大哥的言談中，能清楚感受到他們其實希望千晶「辭掉教職」。千晶擔心著我，但也有很多人為他操心。

「讓大家擔心了……」

我只能說這句話。

「別這麼說……」

薰大哥在椅子上坐下來，正面看著我。

「你精神很好啊。」

這句話讓我感慨萬千。薰大哥看著我的表情，和千晶時常露出來的那種親切中帶點哀傷的樣子很神似。

「直巳已經經歷過兩名學生過世。一個雖然是在他當老師之前的事，但兩人的感覺就跟師生差不多。」

「……」

「那兩個孩子跟直巳的感情都很深，而且都因為在跟他接觸之後開始對未來有了希望和夢想，沒想到都在起步時就死了。」

薰大哥握著我的手。

「如果你成了第三個，恐怕直巳這次真的很難重新振作了，真感謝你平安無事。」

我無話可說。雖然對自己的作為並不後悔，但一想到讓那些真正關心我的人擔憂，還是惶恐不安。

此外，薰大哥這番話意義重大。讓我再次真心感受到千晶是如何看待我們這些學生。

「好想見見老師哦。」

「我明天帶他過來。昨天接到長谷通知，說你已經醒了，哦，我跟長谷泉貴趁你睡著時聊了一下。這傢伙真不賴，該用『無懈可擊』來形容嗎？那種完全沒有一絲孩子氣的幼稚，簡直是……」

薰大哥撫摸著下巴的鬍子苦笑。

「直巳說想馬上趕來，卻被我們阻止，現在被軟禁在政宗家裡。……對了，還得領畢業證書哦。」

「……」

薰大哥從椅子上起身，輕輕拍了下我的頭。

「看來這和你的規劃相差很多，不過無論多少次都能從頭來過哦，因為來日方長啊。」

薰大哥板起老師的表情這麼說，龍先生也說過同樣的話。我對他點點頭。

隔天。

千晶來了。

「喲！」

他還是一貫瀟灑帥氣。類似軍用的粗棉布襯衫，裡面搭一件黑色汗衫，下半身是石洗牛仔褲。就連摘下深紫色墨鏡的動作也酷勁十足。

不過，看得出來他瘦了很多。

這也是……毫無疑問，因為我的關係吧。

看著千晶見到我高興得快哭出來的模樣，我再也受不了，忍不住從床上起身一把抱住他。
「你可以起床了嗎？」
千晶伸出手臂輕輕環住我。
「不要緊，已經沒事了。可以活動也能走路，不用擔心。」
我抱著千晶的雙手用力了一些。
「這樣啊……」
他的聲音聽來鬆了一口氣。
對不起，我該怎麼道歉才好呢。該對長谷、對千晶，還有其他好多人道歉。
「你會怎麼背負著自己選擇的命運……其實我一直在觀察哦。」
這是……我能做到的，也是我必須做的。代替我說幾千次、幾萬次的「對不起」。
「你自己不要緊吧？不要硬撐啊，拜託你多休息……」
千晶點點頭說：「這一學年我負責普通科三年級的簿記選修課。每個禮拜只有三天下午開始的課，輕鬆多啦。」

「真的嗎?!」

這次換我放下心中大石。對於很怕早起的千晶來說，這樣的課程安排聽起來的確輕鬆。

千晶在我床邊坐下聽我說。

「細節說來話長，就先省略了……」我先聲明，然後把我和長谷遇到的超自然現象，以及為了救長谷使用療癒力量的事情都告訴千晶。因為這件事，我失去小希，而且還讓長谷和好多人擔憂。

「我完全體會到你先前說過的道理，我猜長谷真的很難過，而且小希也因為救我犧牲。雖然我不感到後悔……」

千晶輕輕撫摸著我低垂的頭。

「只要不後悔就行啦。你做了當下認為最理想的決定，接下來……無論結果變成什麼樣，只能默默接受。」

雖然說法不同，但千晶講的和龍先生的想法是一樣的。「貫徹自己的選擇」。

「你確實救了長谷一命呀，應該更感到驕傲。」

千晶笑了。
「……如果長谷跟你沒變得那麼憔悴，我會更高興吧。」聽我一說，千晶立刻用力搖著頭。
「……這、這才不是因為你咧！我是因為夏天胃口不好才瘦的。」
「我對薰大哥還有政宗大哥真感到過意不去啊。」
千晶一聽就鼓起腮幫子。
「為什麼又提起這兩個傢伙的名字呀！而且還叫他們『大哥』，叫我的時候卻直接喊名字。」
千晶還帶來田代他們寫的「問候筆記」。
「我要他們用寫幾句話問候的方式代替直接到醫院探病，田代她們幾個一來，應該會很吵吧？」
「沒錯。」
我們倆都笑了。
在筆記本上留言的有三年C班的同學、英語會話社的社員，飛鳥他們幾個普通科的小子，還有麻生、中川幾位老師，甚至連「艾爾一九六〇」的成員都在內，還有神谷、江上兩位學姊。整整寫了三大本。

「這是田代到處奔走收集的哦。」

「……那傢伙在大考之前應該也很忙吧。」

筆記本頁面上填滿了「等你恢復健康」或是「早日康復！」之類的留言和插圖，還貼了好多相片和大頭照，甚至有壓花！念中學時的我完全無法想像，我竟然有這麼多朋友，好開心啊。

「你人緣很好嘛。」

我接過重重的筆記本，千晶露出微笑。

「比你差一點啦。」

「是呀，如果是我的話嘛……少說也有五十來本吧？」

……這傢伙。

千晶說畢業證書可以等出院之後再到条東商校領取，好像會在校長室頒發。

「至少能畢業就好了。」

我一臉苦笑。

「只不過慢了一年。」

千晶嘴上這麼說，不過……大學升學該怎麼辦呢？上半年重考班，明年再考嗎？我能不能負擔得起呢？還是當作無緣升學，乾脆就此放棄，開始找工作呢？不過，公務人員考試……下次是什麼時候呀？

「人一閒下來就會想些有的沒的，但千萬別心急呀，稻葉。」

千晶平靜地說。

「有任何想法都盡量跟身邊的大人說，找我也行。把事情說出來，聽聽其他不同的意見，再慢慢歸納整理，別一個人傷腦筋。」

「……嗯。」

要說找大人商量，妖怪公寓那個環境可說最理想不過。全是人生道路上的前輩，全都擁有各種經驗和歷練，只不過「太有特色」，恐怕不太能當作參考。

「沒問題啦。」我這麼一答，千晶立刻面露難色。

「沒問題就好，但有問題的時候一定要開口哦，有問題也不要緊唷。」

這句話透著熱呼呼的暖意，深深擴散到身體每一處，雖然很直接，卻小心翼翼地輕敲著我的心門。

想都不想就說出「沒問題！」的心情，另一方面是一次又一次詢問「沒問題吧？」的心情。兩者一說出口都會覺得「又來啦。」但依舊忍不住又脫口而出。因為兩者之間處於一伸出手就能觸及的距離，或是希望保持在伸手可觸的距離，希望一次次拉著對方的手，希望一次又一次持續這樣的對話。「沒問題吧？」「沒問題！」

我的身邊都是這樣的人，隨時都不用客氣，能坦然說出「有問題！」正因為如此，我才能放心告訴大家「沒問題。」

命運總是來得如此突然，任誰也無法抵抗，我們能做的只有默默接受。

不過，無論發生什麼事，我仍舊覺得沒問題。因為我有長谷、有千晶，還有妖怪公寓裡的眾多房客。在這樣的環境中，讓我不得不再一次重新檢視自己的命運。

「千晶……可以問個問題嗎？」

「嗯？」

「你為什麼會當老師？」

「……」

我一直想問這個問題，總覺得猜不透。先前純粹只是有點興趣想知道，這次可是認真的。

蕾絲窗簾在夏季日照下顯得潔白光亮，蕾絲圖案映在千晶白皙的臉上，他垂下眼，眼頭濃密的睫毛陰影微微顫動。

「有個叫千尋的女生……在我大二的時候，她剛好升上高三。」

千晶娓娓道來。

「這個女孩子很可愛，不過呢，唉，就像人家說的那種典型不良少女啦。因為父母感情不好，引起她的反彈，開始蹺課、交壞朋友，惹出一堆麻煩，嘲笑父母被校方找來懇談。這種笨小鬼沒辦法克制自己越陷越深……」

千晶的雙眼望著遠方，凝視深藏在心中那段遙遠的過往。

「我第一次遇到千尋的時候，那個丫頭三更半夜跟兩個男的在公園裡幹了起來，我直覺她是被強暴，馬上出手把那兩個男的痛毆一頓，沒想到她卻說：『幹嘛多管閒事呀？我是自願的。』」

不過千尋說這句話時，一面流著眼淚，全身不停顫抖。當時她已經不止交了壞朋友，更是一群惡質不良集團的成員，陷入無法自拔的狀況。

「我又不是社工人員，一開始也沒打算跟這種笨丫頭打交道，只是當場在那兩個男的臉上塗鴉，寫著『女人我帶走啦』，之後就送千尋回家。」

千晶之所以那麼做，是為了不讓千尋之後被其他人責怪。雖然千晶認為自己大概白費唇舌，還是罵了她幾句，要她「愛惜自己」！還告訴她自己的聯絡方式。

出乎意料之外，千尋居然主動來找他。一開始態度還很高傲，一副瞧不起人的樣子，也不肯聽千晶說。

「不過，這種人反而很容易懂吧？」千晶苦笑說著。這種笨小孩是不可能一下子就和人坦誠相待的。即使真的是來「求助」，他們也不想主動承認。

「她實在太孩子氣，又太單純，讓我覺得真好笑。」

千晶把她大罵了一頓，千尋也在受到激怒下跟他吵了一架。但千尋還是又來找千晶，這種狀況反反覆覆好一陣子，後來千尋在爭吵時向千晶傾訴自己的苦悶和煩惱。

「千尋打從懂事之後，父母的關係就已經很糟，這對她的傷害很大。她沒有自信，交不到朋友，所以行為才越來越偏差。就是社會上那種令人同情小孩的典型，但她居然說世界上沒人比她更慘，這就誇張了點。」

也因為這樣，千尋漸漸對千晶敞開心房。

「不過，她雖然心裡清楚得脫離那個不良幫派，但畢竟還是個小鬼……跟那群人依舊藕斷絲連。」

就在千晶到那群不良分子聚集的場所找千尋時，被一群不良少年包圍。

「……那個……你全身上下的傷疤……該不會就是……」

我想起上次校外旅行在大澡堂看到千晶全身的傷痕。他點點頭。

「那時候被海扁一頓受的傷，前後花了兩個月才完全復原。」

千晶輕聲笑著。還笑得出來呀？這根本是圍毆吧！

「不過……我的哥兒們也趕來救我哦。」

為千晶討來救兵的，就是在千晶挺身相救時趁機逃跑的千尋。「趕快逃走躲起來！」千晶當時這樣告訴她，但她沒照著做，還幫千晶討來救兵。

眼看著有人為了自己拚命，沒有哪個笨蛋不會因此奮起振作。千尋和那群不良少年一刀兩斷（那些人全數遭到逮捕），高三下學期發憤用功，考上大學，立下成為教師的目標。至於支持她的，就是政宗大哥。

「當時正值春天……那天氣溫突然驟降……」

通過教師資格考，同時已經找到中學教職的千尋，因為一場車禍過世。

千尋在路上開著車，被一輛酒後駕駛的車子追撞後，在急速下衝上人行道。當時人行道上有一群剛放學的小學生，千尋在車子撞上小孩子之前急打方向盤，讓車子撞上電線杆。回頭看看車速，加上車子和那群小孩的距離，小學生們沒受傷簡直是奇蹟。

但那股宛如奇蹟的力量卻讓千尋整個人面目全非。千尋的車在強力撞擊下凹陷了一半，從她飛出去的右側斷腕上的戒指才好不容易確認身分。那是政宗大哥送她的戒指。

「千尋一直很孤單，在認識我和政宗之前，她幾乎沒有任何朋友。沒人真正在乎她，不是阻撓她就是利用她，如此而已。爸媽、老師，根本沒人肯聽她說。她說連罵她的人都沒有，我倒是第一個。」

「如果念中學或高中的時候……有類似千晶這種老師就好啦，就算不必商量給意見，只要肯聽我說也好。」

千尋曾經說過的這番話，不斷打動著千晶的心。

只要傾聽就好。僅僅如此就能拯救的渺小靈魂。

受傷、跌倒，但好不容易還是得救，總算要開始向前邁進的千尋，結果她的夢

想——

「到了另一個世界……我猜想。」

意想不到的命運岔路。至於盡頭通往何處，沒有人知道。

「不過呢……我們不得不繼續走下去，抬頭挺胸往前走……雖然不知道通往哪裡，但只要腳踏實地一步一腳印，總有一天抵達終點。」

「那是哪裡……？」

千晶露出微笑。

「抵達約定的地點呀。這是聽起來比較浪漫的說法。」

那條總有一天能通往某個「約定地點」的路。

相信能來到「約定的地點」，得持續往前走的那條路。

你搭著
在夢想大海中乘風
破浪的小船

兩星期之後，在順利的復健下，我出院了。長谷叫了計程車送我回妖怪公寓（因為還有其他行李）。

上午。

「歡迎回來！」

華子在妖怪公寓的玄關迎接我。她身上的和服是代表夏天的薊草。半年來記憶一片空白的我，感覺真正的空白好像只有兩星期，但感受到燠熱的暑氣就知道季節轉移，已經是夏天了。話說回來，公寓裡倒是很涼爽。

「我回來啦！」

小圓從屋裡走出來。

「小圓！」

平常一定是衝向長谷懷裡的小圓，今天總算跑到我面前，看來他並沒忘了我。

「我回來嘍，小圓，小白！」

小圓一雙骨碌碌的眼睛直打量我。

「別擺出一副『這陣子你都跑哪裡去啦？』的表情嘛。」

長谷笑了。

「歡迎回來，夕士！」

「秋音！」

在四國進修專業看護和除靈師的秋音也回來了。

「我請假回來的。」

「咦？難道是特地為了我嗎？」

「因為今天晚上是慶祝你出院的派對呀！」

秋音不改一臉笑容回答。

「歡迎回來，夕士！」

「歡迎啊！」

妖怪公寓的客廳已經完全準備好派對的布置，詩人、畫家、佐藤先生、麻里子、舊書商、山田先生、桔梗婆婆，還有其他各式各樣的「東西」，已經等不及開始喝起酒（還是大白天耶！）。廚房飄散出琉璃子燒好菜的香味。妖怪公寓裡一貫的氣氛，讓我一下子情緒高漲。

「我回來嘍——!!」

大吼一聲後，那群大人立刻響起喝采聲。

「喔喔——！」
「啊哈哈哈。」
「來吧，來吧，開始嘍！」
「夕士，恭喜你出院——!!」
「恭喜～～!!」
「喝吧——！」
「琉璃子的菜還沒好呀。」
琉璃子連忙先端小菜出來。雞蛋蒸凍豆腐、涼拌蓮藕、通心粉沙拉，還有紅燒鰹魚、醋拌小菜。
「啊～～～……就是這個味道……！」
我和長谷還有秋音，一時之間都說不出話，光是小菜就已經令人感動。那群大人看到我們三個都笑了。
秋音這半年來聽說也去探望過我，但好像都沒能回公寓一趟吃到琉璃子的菜。
「既然這樣不如忍耐到今天，今天吃起來一定覺得特別好吃的啦！」
「我懂！」

長谷似乎這時也總算放鬆心情。

先來一道分量十足的「章魚夏季蔬菜沙拉」，搭配加了黃芥末的檸檬醬汁。接下來是時令鮮魚做成「鱸魚生魚片」，還有加上毛豆、金針菇和筍子切成碎末鋪在上方的「鹽烤鱸魚佐生薑芡汁」。這太下飯啦！我大口大口拚命扒。

「那間醫院的伙食還不賴啦，但還是這個好吃！我好懷念這個味道啊～～～!!」

「花了很多時間才能恢復進食嘛。」

「沒錯！不知道什麼時候才能從稀飯換成吃乾飯，搞得我好心急。」

「但那間醫院的伙食跟大飯店裡的餐廳水準差不多哦，醫院裡面看起來也跟飯店沒兩樣，真不愧是長谷家指名的醫院。」

番茄片上鋪著「蘿蔔泥拌山苦瓜、綠豆芽和豬肉片」，淋上用沾麵高湯特製成的醬汁，滿口清爽的夏日風味。

「如果橫豎都要住院的話，真想在那種地方優雅地靜養啊。」

「不對不對，回來有琉璃子做的菜，還有溫泉，一定好得更快。」

「沒錯！」

所有人都贊成秋音的見解。

「龍先生也說過同樣的話。」

用大蒜、青蔥、生薑等佐料熱炒炸雞塊，起鍋之後淋上香醋的這道「香醋炒炸雞塊」，散發出濃濃的大蒜味，但吃起來清爽、多汁，有這道菜，白飯再多也吃得下。

「你稍微節制一下哦，稻葉。」

「吃壞肚子就算了！反正現在我只想吃個飽啦！」

「我懂，夕士！」

舊書商感同身受。

公寓的院子裡一片盛開的向日葵，舒服地做日光浴，一陣舒爽涼風從敞開的窗吹進來，風中飛舞的精靈，偶爾閃爍著七彩光芒。

一如往常毫無負擔的妖怪公寓派對。大家盡情暢飲、暴食、天南地北隨便聊。半年之內沒有記憶的我，倒也沒有「終於回來了」的感觸，但在這樣的氣氛下，內心深處還是不免有了「回來真好」的感覺。

琉璃子為了很久沒出現在餐桌旁的秋音，特別賣力烤了巧克力蛋糕。

「來啦！秋音表演一口氣吃掉整個蛋糕！」

所有人熱烈鼓掌&大爆笑。

「才不要一口氣咧，我要慢慢品嚐。」

秋音合掌感謝之後，慢慢拿起刀叉，切了一大塊送進嘴裡，大快朵頤。這樣跟一口氣也差不了多少。

「好好粗——！裡面夾了香蕉奶油！啊，還有堅果！」

看著大口大口嚼蛋糕的秋音，琉璃子真的很開心地繞著手指。至於她為我和長谷還有小圓做的奶油蛋糕，比較起來感覺好小。

大夥對我這個理論上應該是主要來賓沒多理會，派對持續到傍晚，我則趁早先溜去洗澡。長谷和小圓也跟著來。

溫泉旁邊的瀑布在夕陽下宛如火燒。我和長谷面對這片景色異口同聲讚嘆：

「哇！好漂亮哦！」

泡著溫泉，望向那片薰得暗紅的天空，還有以那片天空為背影，襯托出的紅葉和竹影，以及漸漸沒入四周一片暗藍的瀑布。

在溫泉裡讓身子漸漸暖和起來，長谷大概總算紓解一切緊張情緒，舒服地深深嘆口氣。

「謝謝你，長谷。」

我對著身邊的側臉說。長谷感慨萬千地看著我。

「考上了大學……而且過得很好，謝謝你啊。」

「這些都是你的期望吧?!我老爸一開始也這麼說，如果我一蹶不振，你知道了會難過。」

真不愧是你老爸，太了解啦。然後，你也能依照我的期望一一實現，同樣了不起。

「我已經不要緊啦……你也恢復自己的日常生活吧。」

長谷默默地點了點頭。

夕陽實在太美，美到令人有些感傷。

那天晚上長谷回家之後，我和小圓坐在窗邊，望著閃亮的星空好一會兒。

「小希」就靜靜放在我的桌上。

隔天，我前往正值暑假的条東商校，領取我的畢業證書。

千晶和副導師今江，還有麻生、中川，以及青木（連她都來）來到校長室。哦哦，我很感謝。真的。

「總之，能平安無事畢業就好啦。」校長說。

「拿去吧，這是畢業紀念冊。」

我從千晶手上接過畢業紀念冊，在三年C班全體大合照裡，我的照片被另外放在一個圓框框裡。

「哎呀～……」

看到照片裡的我皺起眉頭，幾個男老師都笑了。

「幹得好啊～，稻葉。」

「這輩子都會變成笑柄嘍～。以後同學會就有好戲看啦。」

這時，青木又爆炸了。

「各位，怎麼這麼說呢？真是太不莊重了。稻葉同學的照片被另外放在圓框裡也是情非得已呀，怎麼還說是笑柄呢！」

呃，話是沒錯啦，但也不必為了這種事氣得臉紅脖子粗。這種誇張的反應才更討人厭啦，青木老師大人。

「好啦好啦，抱歉啊。」
幾個大男人都了然於心，輕輕帶過。
「稻葉！」
一走出玄關，就遇到田代衝過來。
「稻葉你這個大笨蛋!!」
開口第一句話就是這樣。田代瞪著大眼睛對我大呼小叫。
「千晶很拚很拚耶！學妹她們還傳簡訊告訴我，每回看到千晶都覺得他變瘦了……害我擔心得不得了！」
田代邊說邊露出一張哭喪的臉。
「……對不起啊。」
我摸摸田代的頭。她緊抿著嘴看看我，接著用力吸了一下鼻涕。
「看在你恢復健康的分上就饒了你。」
田代身後還有一大群同學。
「恭喜你畢業啦——!!」
櫻庭、垣內，還有上野、桂木等人，學校放假的人全都趕來了。還有飛鳥他們幾個，外加英語會話社的學弟妹。

「恭喜啦——！」

頓時彩色紙花滿天飛。

「不好意思，還讓你們特地跑一趟。」

「別這麼說，反正很閒。」

「哈哈哈哈。」

田代高聲對在一旁笑看的幾位老師說：「老師也一起來呀！我們來拍紀念照！」

田代她們幾個都順利考上志願的學校。目前各自朝著資訊相關、時裝業界以及旅遊業等未來的目標努力學習。其他像上野他們幾個要繼承家業的，就往專科學校升學。至於今天沒來的岩崎則考上警校，綽號「萌木」的元木美美，這個秋天要推出漫畫處女作了。飛鳥他們幾個很享受大學生活。

「稻葉明年也要報考吧，加油哦。」

「才一年而已，沒差啦。重考的人多得是。」

我面帶笑容接受大夥兒的加油打氣，其實心裡對於未來根本什麼都沒考慮。

我只心想，無論發生什麼事，都有大家挺我，沒問題。

你剛剛在想，沒問題的，對吧？我對自己說。

是沒問題呀，我回答自己。

不過，實際上親眼看到田代他們的模樣，不知怎麼的，突然覺得自己心上好像開了個洞。

（幹嘛呀……因為大家先走一步嗎？還是覺得所有人丟下我？那也是情非得已啊。）

在我的腦袋角落不斷地重複這句話。

「這個嘛，有這種心情是很正常的呀。畢竟你的環境也未必是明年再報考就行的嘛。」

盛夏時分，我和詩人、舊書商待在妖怪公寓的緣廊上喝著飯後熱茶。

山田先生彎著駝背，清除院子裡生長得相當茂盛的雜草（大概是）。詩人望著他的模樣，一面啜熱茶。

「會有這種複雜的心情也代表自己活著呀。人生就是這樣。」

「……呃，暫時把這種宏觀的理論放一邊啦。」

「要談談現實面嗎？你想怎麼做呢？光說希望就行了。」

舊書商一問，我頓時語塞。

「這個嘛……總覺得……搞不懂了耶……」

光就希望來說，應該是明年考上大學，但我也不懂自己是不是真的這麼想。但如果問我是不是要工作，我又覺得不太對。感覺好像計畫突然被打亂，先前無限擴大的夢想或希望都在瞬間「咻」一聲，像洩了氣的氣球，讓人感到一片茫然。

「原來是這樣啊，夢想出現大反彈了啊，也會有這種狀況啦。」

「我懂，我懂，無妨呀，盡量傷腦筋不好嗎？」

這兩個達觀豁然的大人，邊抽菸邊啜茶，連回答也輕鬆自在。

「……呃，嗯，也是啦。」

我這個人還真任性。

煩惱真討人厭，但只要環境允許我煩惱，我又更煩惱了。我不會全部都說「好啊」。反而忍不住希望有人給我一個很明確、讓我恍然大悟的答案。

（我知道，那個「答案」非得自己找出來才有意義。我知道嘛。）

兩人看著我在地板上滾來滾去，覺得很有趣。

到劍崎運輸去問候大家時也一樣，每個人只對我平安無事感到高興，沒人提到我接下來的動向。

「乾脆趁這個機會來我們這裡工作吧。」如果社長或其他大叔這樣開口就好了。

（難道我希望他們這麼說嗎？）

因為這麼一來，我會回答「那就這樣吧」？

（真是這樣嗎？我真的會這樣回答嗎？）

改變未來方向的我，還是選擇找工作好（而且也比較輕鬆），這種想法是耍帥嗎？不對，沒這回事。我又不是因為沒辦法升學才「逃避」來找工作……嗯？我是這樣想嗎？因為沒有餘力等到明年才升學，所以只好找工作……不對……不是啦，應該是……

「啊，搞不懂啦——！……我……我出去走走！」

我衝出客廳。

「天氣很熱，要小心唷～」

這種時候，還是得「短暫離家出走」。

我在烈日當頭的街上，只是一個勁兒地走。車子的引擎聲，音樂，人們的交談，笑聲，小孩子的哭鬧，工地的聲響，電車駛過的呼嘯……我在雜音和混亂的籠罩下，沒頭沒腦往前走。腦子裡充滿各種聲音與景色，汗流浹背，氣喘吁吁，疲勞讓我完全無法思考。

「上次也是……夏天吧……」

一片空白的腦袋裡突然浮現出景象。

一陣海水的氣味飄來，我來到了鷺川河口，海風中帶著一絲腥味。

（對哦……那時候去了港口公園）

那時，好像不知不覺褲子後面口袋就多了「小希」吧。

我坐在河堤上，遠眺著大海好一會兒。

「我一直在觀察哦……」

耳邊響起龍先生的聲音。

我自己負責選擇的命運，既然是我的選擇，就得自己去貫徹。不過，我還不清

楚到底怎樣才算是「貫徹」。說到最後一定就是「追求幸福」吧……

（如果是這樣……不如別再左思右想，乾脆趕緊轉換心情，直接找工作，盡快獨當一面比較好嗎……？）

溫熱的海風讓身體不停冒汗，不曾停歇。

湛藍的夏日晴空一下子湧現大量卷積雲。

那天晚上，洗過澡、吃了飯之後，覺得好累，雖然時間還早卻已經想休息。回到房間之後，看到一片隨手丟在桌子上的ＤＶＤ。那是先前去領畢業證書時，田代交給我的。

「……」

其實已經很疲勞，但還是想看看內容，一色先生拿了播放器過來（一色先生有各式各樣最新款的影音設備），就在房間裡看。

「咦？是送舊會的ＤＶＤ嗎？我也想看，可以一起看嗎？」

田代幫我錄下這場我沒能出席的送舊會（她原本的目的是要把這片ＤＶＤ賣給神谷學姊她們吧）。

和去年的送舊會一樣，在音樂社的背景演奏下，播放回顧三年來的影像。三次的遠足、運動會、校慶；高二的校外旅行，高三的暑修。影片中傳來一群女生回憶時響起的歡聲，每次螢幕上一出現千晶，就同時出現更高分貝的歡呼。

「真好～大家都好開心～」

我受到詩人的感染也跟著笑了。真的經歷過好多事哦，沒錯，波濤洶湧、波濤洶湧、波濤洶湧的高中三年。和「小希」相遇也不過是兩年前的事，但感覺卻像好久好久以前。

至於戲劇社的演出，安排了難得一見的愛情劇，內容敘述一對小情侶在高中即將畢業時分手的故事。条東商校的戲劇社原本沒有男社員，好像為了這齣戲竟然硬拉了一個男生入社。因為這個緣故，男主角看來演技不怎麼樣，但這種「樸實」的演技反而更寫實。畢業、升學、求職……面對各條岔路，煩惱著自己以及兩人之間的關係，持續動搖的「個人」。我和一色先生忍不住探出身子看得出了神。

「哇～不能小看高中戲劇社耶，演得真好。」

一色先生深感佩服，暫停ＤＶＤ播放，去拿了酒過來。

在少林拳社的武術表演後，就輪到千晶出場。

「咦……？」

千晶從畫面上也看得出變瘦了。照正常情況下應該吵吵鬧鬧的會場也頓時鴉雀無聲。他要在這種狀況下唱歌嗎？

「各位同學，恭喜大家順利畢業。雖然我是中途接手，但我帶的班級來到這個時期還是令我感慨萬千。」

千晶說到這裡稍微停頓，為什麼呢？我知道千晶在想什麼，大家應該也一樣吧，隱約聽見啜泣聲。

「其實我很想多唱幾首歌，熱熱鬧鬧歡送你們，但大家應該也知道我另有苦衷，沒辦法這麼做……你們有一位同學目前還在住院，意識不清，不過沒有生命危險，希望大家放心，接下來能做的只有一起祈禱他早日康復。」

大約二十名女生走上講台，應該是志願加入的學生會新成員吧。

「大家一起禱告，希望三年C班的稻葉夕士能早日康復。美國已經做過實驗，證明祈禱確實具有力量，所以我拜託各位，全心全意為稻葉祈福。」

千晶深深低下頭。

同一時間響起美妙的音樂，是喬許（Josh Groban）的〈聖母頌（Ave Maria

）〉。

「……！」

一聽之下立刻起了雞皮疙瘩。明明不是在最佳狀況，從歌聲卻絲毫感覺不出來，可見千晶的實力多充分。間奏中到台上的女孩子們配合演出二重唱，歌聲聽來也清新優美。

「哇～～～我全身起雞皮疙瘩呀！」

詩人也摩擦著自己身體。

「大家要保持健康，一定要好好愛惜健康的身體。光做到這一點，你們就能閃耀動人，要對自己有信心。」

千晶的歌聲和這番話都讓大家哭了。

「……不過呢，夕士。」

詩人輕輕拍了下我的頭，我也哭了。眼淚靜靜地泛滿眼眶，順著臉頰流下來。

「還好你平安無事。現在可不就閃耀動人嗎？」

詩人笑著說，我也在淚水中忍不住露出微笑回答：

「是啊。」

多虧了大家的禱告，讓我恢復健康。

我不是一無所有，在我心裡有滿滿的活力。

「煩惱呢……先放在一旁。總之，就到劍崎運輸打工吧，每天活動筋骨，汗流浹背之後回家吃飯，然後泡溫泉。」

那天晚上，我在心情上稍微積極邁前一小步。

然後——……

「閃耀動人哪——這也是年輕的特權。」

「沒錯，沒錯，即使身體健康有活力，像我或深瀨這把年紀就沒辦法用閃耀動人來形容啦。」

「倒是因為脂肪不少顯得油光滿面啊。」

隔天，詩人和畫家大白天就開始喝起酒，咯咯談笑。

「嘿。」

一看到我，畫家笑得更開心了。

「聽說你聽到千晶的歌都快哭啦？夕士！真是太嫩啦，這也是小鬼的特權啦。」

「一色先生！你怎麼那麼大嘴巴呀！」

我羞紅了臉高聲抗議。

「哈哈哈哈，我是稱讚你呀。多虧偷哭一場，今天的皮膚也很水嫩唷。」

「……」

「哭得出來很好啊，也算是為內心排毒。」

「偶爾也想大哭一場呀。」

兩個不良大人不知道是認真還開玩笑，你一言我一句有感而發。

「這把年紀已經流不出眼淚啦。」

「深瀨流的不是眼淚，我看是酒吧。」

我忍不住噗哧笑了。

「啊，對了，夕士，舊書商好像有事找你哦。」

「嗯？找我？」

「欸，夕士。」

舊書商叼根菸，出現在院子裡。

「嘿，聽說你有事找我？」

「哦，是啊……」

舊書商吐了一大口菸，然後對我說：「你啊，要不要跟我一起到全世界旅行？」

「……咦？」

事情來得太突然，而且他又說得這麼輕鬆乾脆，害我一時之間搞不懂是什麼意思。

「哦——聽來不錯耶。」

「這種時候做個這樣豁出去的決定也不賴呀～」頭上再次輕輕飄過畫家和詩人輕率表示的意見。

「……全……全世界旅……？」

我好不容易擠出來怪聲怪調。舊書商聽了點點頭。

「旅費我來出，你只要自己準備一點零用錢就行了，我們花個一年走遍全世界。帶你去看看馬丘比丘的天空都市、沉到沙漠裡的夕陽，還有亞馬遜的逆流。」

圓墨鏡後的那雙眼睛，笑咪咪地看著我。

「好棒哦~以金字塔為背景，看著沉進沙漠裡的夕陽……我也想去~」

「別說一年，趁這個機會去個三年吧。錯過這個機緣就沒嘍，夕士。」

「……呃，咦？」

我的心突然跳得好快。到全世界旅行？到全世界旅行耶？

「我要到全世界旅行嗎？」

「對呀，機會難得，就勇敢衝吧！」

舊書商雙手一攤笑著說。

「跟著舊書商應該能提升各方面的技術哦，包羅萬象。哈哈哈哈。」

「去學個兩、三國語言吧。」

錯過這次機緣就不會做的決定。

「你現在還在發育期，回來之後一定會變了另一個人，好期待唷~」

「你們當然是走自助旅行的路線吧?夕士應該沒問題。」

機會難得，就衝了吧。

「總之呢，去外面的世界接觸一圈，菸、酒、還有女人，其他呢，嗯……還有很多啦。」

「很多是指哪些事呀？」

「哇哈哈哈哈。」

我傻眼看著幾個大笑的大人，舊書商伸出手指在我額頭上彈了一下。

「你的人生還很長，世界無限寬廣。放鬆一點吧，夕士。」

啊……

對啊，就是這樣——

在這個無窮的世界裡，有無數個我。

來到妖怪公寓的我，和「小希」相遇的我，還有立志考大學的我。

然後，還有準備踏上旅程走遍全世界的我。準備去見那些還不認識的我。

看到舊書商伸出的右手，我一把緊緊握住。

一個月之後。

長谷和千晶都來到機場，至於妖怪公寓裡的大夥兒，還有劍崎運輸，以及田代他們，已經事先一一道別過了。

好不容易終於買的手機，已經被田代她們傳來的一大堆簡訊灌爆。

「這個可以不必一一回覆吧？」

「你馬上就習慣啦。」長谷笑著說。他送我一台輕巧耐用的電腦當道別禮物。

「不用每天上線也無所謂，開個部落格吧。」

「幫我跟你老爸謝謝哦。名目上說是零用錢，金額卻這麼多……」

「錢帶在身上有益無害，你就收下吧。」

妖怪公寓的房客送了我一台數位照相機。

「期待看到你的部落格哦。」

千晶的氣色不錯，我也能放心了。

「去到美國、德國或英國，有個人無論什麼事都能幫你，好好利用吧。」

千晶說著，遞給我一張名片。舊書商一看到名片，立刻驚訝地吹了聲口哨。

「愛德蘭大臣，是那個貴族政治家嗎？好厲害。」

長谷對舊書商行了一禮。

「稻葉就麻煩您多多照顧了，請看著他別讓他被壞女人騙了。」

舊書商和千晶都笑了。

我跟長谷面對面。

「……我走啦。」

我告訴長谷要到全世界旅行時，他背對著我沉默了好一會兒。然後終於轉過頭，平靜地對我說：「我很敬佩你的決心。」

說完之後，長谷露出以前詩人對我說過，像是「立刻陷入昏睡」的表情。至少在我眼中是這種感覺。雖然分隔兩地，也不是永別，而且現在有手機、有電腦，每天都能聯絡。世界變得好小。即便如此，對我來說世界依舊無限寬廣。

「小圓……拜託你嘍。」

「我會每星期到妖怪公寓去。」

千晶開心地看著緊緊握住雙手的我們，只是他還是那副快哭出來的表情。我對著千晶大喊：「我走啦!!」

包包裡放著手機、筆記型電腦，還有「小希」。心中則是滿滿的「雀躍與興奮」。

命運總是突如其來降臨。我打算坦然接受。

因為無論發生任何狀況，都有支持著我的一群人，還有一群「東西」。

我在感謝大家的同時，接下來也將繼續往前。

然後，櫻花又開了

「……所以呢，我唯一能充滿信心告訴大家的，就是隨時積極向前邁進，希望各位也能這麼做。」

我做完結論之後，會場中的高中生全體熱烈鼓掌。

「謝謝稻葉夕士老師的精彩演說。想請老師簽名的同學，請依序排隊。」

距離我和舊書商出發到全世界旅行那天，已經過了十年。

「我是您的書迷！請幫我簽名，學長！」

大概有上百名學弟妹，人手一本我的書，要找我簽名。

是的，我，稻葉夕士，現在居然成了小說作家。

今天我應母校条東商校邀請，舉辦一場演講，沒想到會以小說作家身分對母校的文化業務有所貢獻，感覺真不可思議。

「聽說系列小說在好萊塢要拍成電影，是真的嗎？」

「呃，嗯，好像也有這類邀約啦。」

「好厲害——哦！」

那群歡聲尖叫的女學生讓我聯想到田代她們「三姊妹」，不由得瞇起眼睛回憶。

和舊書商原本計畫為期一年的全球旅遊，一再延長到最後變成四年。從墨西哥展開的旅程，一路往南美↓北美↓中國↓印度↓非洲↓歐洲等地，也去了加拉巴哥群島、格陵蘭等地，看遍了所謂的名勝，還有罕為人知的祕境。

我借住在千晶的大哥家一個月（豪宅！），在巴黎則在公寓租了個房間，住了半年左右，原本是毫無計畫、輕鬆悠閒的旅程，但因為舊書商工作的關係，也經歷好幾次不下印地安納瓊斯的冒險。為什麼明明是「舊書商」，卻得被拿著刀槍的危險人物追著到處跑呢？

我把這些故事刊上部落格（當然避開部分不方便公開的內情），一色先生說，「要不要把部落格上的文章整理出書？」當時我沒多想，只回答「如果可以的話也好啊。」結果當出版社來問我，願不願意用這個題材來寫小說時，我真的嚇得要命。

我雖然愛讀小說，但從來沒想過自己動手寫，也擔心自己寫不寫得出來，但一色先生說，「你的部落格文章幾乎就像小說啦。」在他這句話的鼓勵下，我決定試試看。

我的處女作《印地與瓊斯　綠色魔境》，是一個成天愛罵人的魔法師瓊斯，和徒弟印地的冒險故事。其實那都是舊書商和我的故事，但居然得到那一年的新人獎，還有其他一共三項獎，而且銷路還不錯，這個結果我比任何人都意外。

《印地與瓊斯》成了系列小說，至今進入第五年，今年出了第十二集。去年還改編成漫畫（為求謹慎順帶一提，畫的人並不是元木），明年計畫出動畫版，然後好萊塢悄悄傳來改編電影的邀約。

「唷，辛苦啦。」

我和圖書館員回到會客室之後，早一步回來的長谷正喝著咖啡。長谷今天是我的司機，我們倆接下來還要去其他地方。

「請用咖啡呀，作家大師。」

「不好意思啊，還要社長大人為我服務。」

長谷放棄了小時候的夢想——「奪走老爸的公司」，他完全脫離老爸打下的基礎，和一群夥伴自己開公司，腳踏實地一步步提升業績。他的公司業務觸及貿易、通路，更在網路銷售上一舉成功，目前仍持續大幅成長，長谷擔任公司的年輕社長。他還登上時裝雜誌，可說是當紅的青年企業家。北城、後藤自然是長谷公司裡的成員，就連田代也以顧問身分參與，現在的員工幾乎都是長谷從高中時期一起混的夥伴，簡直就是「我們的公司」。

「我看到老頭子跟我老爸之後……想了很多。」之前長谷這樣對我說。見到那兩位前輩的模樣，長谷重新整理自己的思緒和做法，在大學時期持續摸索更適合自己「做得到」以及「該去做」的事情。

「對了，稻葉老師，您當年在學校時好像是那位千晶直巳老師的學生吧？」圖書館員探出身子說。

「啊，是啊，是他在這裡任教時的學生。」

「而且在那起搶案裡也一起在場吧？」

「呃，對呀。」

我們捲入的那起「珠寶搶案」，至今在条東商校依舊是代代稱頌的傳奇。

圖書館員深深嘆了一口氣。

「千晶老師如果現在還任教的話……真可惜。」

我點點頭。

「是啊，他是個好老師，打從內心看顧每個學生……」

世上已經沒有「千晶老師」了。

一場車禍。

千晶在開車時被一輛醉漢開的車子追撞，千晶的車直接衝上人行道。人行道上剛好有一群中學生，千晶為了閃避那群孩子急打方向盤，撞上建築物外牆。沒錯……巧的是和千尋遇到的車禍狀況一模一樣。

「該走嘍，大師。」

長谷看看時鐘。

在圖書館員和幾位老師的目送之下，我們倆離開条東商校。

令人懷念的校舍，只是已經人事全非，空氣中彌漫著在校學生散發的氣息，屬於我們的時代早已流逝遠去。

「沒想到你居然以小說家的身分回母校演講呀。」

長谷開著車，露出苦笑。

「我們倆都走向意想不到的人生吧，不過呢，比起待會要見到的那個人，我們倆實在算小巫見大巫。」

「沒錯。」

到了約定碰面的餐廳，大夥兒已經到齊了。

「辛苦啦，大師。」

「好久不見，稻葉。」

「感覺怎麼樣啊？回母校演講。」

田代、櫻庭、垣內、岩崎和上野一大群人，連飛鳥他們都來了。

「長谷社長，可以談點生意嗎？」

「幫我簽名啦，稻葉大師。」

「咦？聽說垣內有寶寶啦？」

經過十年，大家都成了獨當一面的社會人士，而且在這裡的成員有一半都已經結婚。

「還早呢。結婚等於人生的墳墓唷。」

也有人抱持這樣的想法。

我？我現在忙於工作，沒心思想這些。還好。

吃飯時田代接到一通簡訊。

「萌木說她看來應該能趕得上演唱會。」

「那傢伙好像也很忙。」

「她說『死也要去』。那當然是死也要來呀，再怎麼說這也是我們千晶的重生舞台嘛——!!」

「YES——！」

一群女生不約而同高舉手臂，男生則鼓掌喝采。

和千尋遇到相同車禍的千晶，唯獨有一點不一樣，就是千晶撿回一條命。多虧了他開的是進口的左駕車，但千晶卻在這場車禍中失去了右手。也因為這樣，他在「萬一遇到緊急狀況無法保護學生」的考量下辭去了教職。

於是，「Chiaki（「千晶」的日文發音）」回到了「Club Everton」。

對於千晶的復活，最高興的倒還不是他的那群歌迷，而是政宗大哥和薰大哥他們那群「核心」成員吧。

千晶隨時都待在店裡，每星期還以「歌手」身分上台演出三次左右。當時我和長谷，還有田代他們都成了會員，經常去店裡聽歌。車禍之後花了將近一年，千晶才完全康復回到店裡，雖然整個人清瘦一些，但氣色比他以前當老師時好多了。

「那當然呀，一天睡上十小時，又沒壓力，愛怎樣就怎樣。」薰大哥開心地露出苦笑。由此可清楚了解，千晶有多麼不適合教師這份職業。

然而，千晶其實是第一次在店裡以歌手身分開唱，以前他專心經營，唱歌好像只是偶爾自娛娛人。

「一想起那次，到現在都還會起雞皮疙瘩耶。」

田代一雙大眼睛裡閃爍著光彩。

「對呀，我們真走運。」

那天，我和田代碰巧到店裡聽千晶唱歌。我們一到店裡就覺得氣氛似乎跟平常不太一樣，台下窸窸窣窣。

「安德列．布華茲來了！」

就連平常不聽那些歌劇的我也知道，堪稱世界最佳男高音的歌手！這位「連天神都愛的金嗓」居然悄悄出現在「Club Everton」。

傳說中的歌手克里斯多夫．艾維頓，一輩子都是駐唱歌手的他，那副「金鐘之聲」的美妙嗓音據說只有內行人才知道。千晶登台演唱還不到一個月，全世界的「地下音樂界」（這裡的「地下」指的是非主流舞台）就傳遍了「克里斯多夫．艾維頓後繼有人」的新聞。接著開始不少來自歐美的名歌手或音樂人偷偷到店裡來（如果是會員的「貴賓」就能獲准進入）。其中有人聽了千晶的歌潸然落淚，也有靜靜地來和他握手的（以年長者居多），再一次見識到克里斯多夫．艾維頓和千晶的過人才華。

那天，聆聽著千晶演唱的布華茲，在一曲結束後慢慢走向舞台，來到千晶面前，身材高大的他深深屈著膝說：

「金鐘之聲的繼承人，請和我同台演出吧。」

布華茲屈著膝拉起千晶的手，恭恭敬敬親吻一下。

在場所有人都在心裡大喊著「哇呀～～～！」吧，至少我和田代就高喊了，連見過大場面的千晶一瞬間也愣住了。

面對全球知名的布華茲跪在眼前，能說出個「不」嗎？當然不啊。

千晶和他師父一樣，拒絕在公開的正式舞台演出，但僅限這一次參與了布華茲策劃的演出，也就是在紐約、巴黎以及東京開演的「Four Colors Concert」。

千晶、布華茲，還有同樣有「世界第一美聲」稱號的女高音莎拉・布萊克本，加上以純粹清新嗓音獲得「宛如聖母吟唱讚美頌」評價的泰瑞莎・尼可。由這四人演出，曲目從歌劇到搖滾，可說是極盡奢華的一場演唱會。先前在紐約和巴黎的公演已經圓滿落幕，廣受好評。面對突然上台的無名小卒千晶（一般人當然誰也不認識他嘍），一聽到他的歌聲，讓全場觀眾嚇破膽（當然會嚇破膽呀！），讓全球媒體掀起一陣騷動，尤其是日本（千晶謝絕一切採訪，更是造成風波不斷。對日本媒體來說，應該會覺得「又來了！」吧）。

最後一場演出就是今天，在日本的場次。話說回來，不管在紐約、巴黎或日本，都只限一場。就算死也要去呀！能弄到票的我們算很幸運啦（但其實這都拜長谷和田代的「暗中施力」就是了）。

演唱會現場熱氣騰騰，況且還有和幾位堪稱天才歌手同台的日本人，觀眾的情緒打從一開始就high到最高點。

光是千晶一站上舞台，就讓人全身忍不住起雞皮疙瘩，他在舞台上的氣勢完全不遜於其他大牌歌手，我們知道這就是千晶的「本領」。這傢伙還以「一般小市民之姿」當了好幾年高中老師呢。事到如今只能苦笑著說：「真是太犯規啦！」

首先是四個人的四重唱，〈La Fiamma Sacra（聖潔的火焰）〉。天才四人組齊聲合唱，那股震撼真不是蓋的。千晶擔任最精彩的一段獨唱，簡直讓所有人看到擁有世界最美歌喉的其中一人，就在這裡。

「好強……！」

我和長谷都忍不住起雞皮疙瘩。

接下來四個人的演出有獨唱，有合唱，曲目類型跨歌劇到搖滾，安排多首精彩豐富的歌曲。兩個小時的節目一眨眼就過了，台下觀眾起立的熱烈掌聲，似乎永遠停不下來。

演唱會結束之後，我和田代代表大夥兒到後台打聲招呼。在森嚴的戒備中，我們這兩個非工作人員之所以能輕鬆通過，都因為……

「歡迎你們呀，演唱會感覺怎麼樣呀？」有神谷老大的關係。

「當然是棒透了呀，神谷學姊～！感動到都起雞皮疙瘩了啦！」

神谷學姊經營家中生意的同時，也成了「Club Everton」的工作人員。換句話說，是為了將來晉升「核心」鋪路。不過，神谷學姊的話一定沒問題啦，就實際經營面來說，她早已經是現任老闆政宗大哥的左右手了。在政宗大哥離開俱樂部，陪伴千晶巡迴演出的這兩個月，她就是代理老闆。

後台休息室快被鮮花淹沒，千晶、政宗大哥，還有「核心」成員的碧昂琪和辛都在。

「唷，大作家。」

「辛苦啦。」

「嘿。」

躺在沙發上的千晶，舉起只剩下一側的手臂。看起來似乎很疲憊，但當年在条東商校已經看過好幾次他幾乎瀕死的狀態，比起來現在有精神一些，感覺還有一些「勞累的空間」。

此外，他那身像是黑色西裝的長外套，讓他整個人宛如從畫中走出來，酷帥到了極點，想起當年校慶時那件白色學生服，差點忍不住笑出來。千晶好像不太喜歡西裝或正式外套，就連他當老師時在典禮上也沒穿過，但這次看來倒還好。

「這還是我第一次親眼看你穿西裝咧，就算歌唱得不好還是很帥啦。真的，讓人看到傻掉。」

「值得誇獎的居然是服裝啊？」

千晶噘起嘴。我一把捏著他的嘴。

「四十好幾的大男人，別跟田代做相同的動作啦。」

「再狠狠多罵他幾句啦，稻葉。」

「當然，你是最帥最棒的啦！千晶！」

「長谷跟飛鳥他們也來嘍，元木好險在最後一刻趕上，聽說她熬了一整夜趕工。」

我在沙發旁邊坐下來，剛好跟千晶眼神交會。現在無論身高、體重，都是我勝過他。在自己手中，在輕易握緊的千晶手中，這時再次感覺到那段流逝的時光，以及翻湧的命運，又一次為彼此平安無事感到幸福。

「聽說垣內有小寶寶了。」

一聽到這個消息，千晶開心地瞇起眼睛，擺出老師的表情。

千晶說他休息一星期左右才會回到店裡。

之後，布華茲來到休息室，我們幾個就先離開。

「之後店裡見嘍。」

在「日常生活」中再見囉。我們的日常生活，想像起來稍微有點……不，是非常不一樣，但我們依舊過著屬於我們自己的凡人生活。

一如往常，大家還是「嘿」、「唷」地互相打招呼。

「哇～真是太棒了。跟平常在店裡聽的感覺完全不同，但這也是理所當然啦。這個人到底有多少實力呀？」

我和情緒依舊高昂的長谷走進壽莊玄關，遇上秋音從客廳飛奔出來。

「你們回來啦！龍先生來了耶!!」

我們倆對看了一眼，然後拔腿往客廳裡衝。

「哦哦，好久不見啊，夕士，還有長谷。」

「龍先生！」

現在看起來甚至比我還年輕的龍先生，身邊坐著一對雙胞胎小嬰兒，頭髮短短，圓滾滾的眼睛。這對寶寶是龍先生的孩子……才不是啦！

「他們是小圓和小白投胎重生的哦。這是祐樹，他是大樹，兩個小男生。」

「……！」

我和長谷一時之間啞口無言。

這十年來，小圓的媽媽完全不見蹤影，束縛著小圓的那股執著也越來越淡。大概小圓媽媽對他最後的那一點執著也消耗殆盡，最後消失在某個地方吧。龍先生做了這樣的判斷，加上小圓另一個「母親」小西大姊，有一天帶著小圓和小白來找我們。

「可以讓他們成佛了。」

這實在是天大的喜事，但長谷卻快哭出來，我也覺得很傷感。看到我們這副模樣，龍先生笑著說：「不要緊，他們馬上會投胎重生。」

「投胎重生？」

「不過……能知道他們投胎重生到哪裡去嗎？」

「當然，包在我身上。」

黑衣魔法師略顯得意地哼了一聲。

過了兩年，前一陣子龍先生說：「他們倆成了雙胞胎，生在一對我認識的夫妻家裡，過一陣子我就帶他們過來。」光聽他這樣說，就讓我既期待又緊張。

看著活生生的小圓和小白就在面前，這一刻的感動超乎想像。我輕輕碰觸大樹身體的手顫抖著。

「摸得到耶……！」

雖然先前也摸得到小圓，但感覺完全不同。暖暖的，還感覺得到心跳的聲音。

我想起過去曾經緊抱著長谷生還的身體，還有種種的回憶。

「活著」這件事竟然如此美好！

在長谷面前的祐樹伸長兩隻小手，做出「抱抱」的動作。

「他是小圓！」

秋音和詩人同時大笑。但長谷卻說：「啊——我不行了……」他緊抱著祐樹，把自己的臉埋在柔軟溫暖的小小身體，一動也不動。

我懂，長谷。這下子小圓終於能真正獲得幸福。活著，成長，有哭有笑，談戀愛……非得這樣才行呀。就算在妖怪公寓的大夥兒多疼他，不能真正活著，體會真正喜怒哀樂，也是枉然。既然有龍先生的保證，小白和小圓都能在父母的疼愛下幸福成長，我們也能在一旁守護著，這樣就夠了。

只是……「小圓」已經不在了呀。百分之百的高興之中，還是有僅僅百分之○．一的……落寞吧。

長谷眼中的淚水讓妖怪公寓的客廳裡充滿了溫暖，大樹和祐樹睜大眼睛不明就裡。陰暗的院子裡有一群小小的發光「物體」圍成一圈飛舞，彷彿是歡迎小圓和小白。

龍先生答應我們，會不時帶大樹和祐樹過來。最後長谷便哭著回到大樓住處（長谷念大學時搬出來，一個人在大樓找了住處）。

「千晶老師的演唱會怎麼樣啊？」

在留著餘溫的客廳裡，我跟詩人小酌幾杯。

「棒得不得了呀，真不愧有超人之稱。」

「千晶老師終於也一舉登上大舞台啦。」

「不過他說之後還是不會正式公開演出，而且拒絕一切媒體採訪。」

「這一點才真了不起呀。演唱會前後總共也才三場，太可惜啦～」

「嗯，但反過來說，演唱會ＣＤ的銷售量一定會很驚人的。」

「哈哈哈哈，這話倒是簡單易懂啊，夕士。」

隔著玻璃窗眺望閃閃發光的庭院，我想起以往總和詩人一起喝酒的畫家。

「明先生……應該過得不錯吧？」

「保證他現在也正喝著酒啦。」

畫家在五年前遠赴阿拉斯加，之後就定居下來，因為西格的小孩都在那裡。但他還是經常回日本。

「我先洗過澡嘍。」

全身散發著蒸氣的秋音走過來。她目前在月野木醫院工作，每天活力十足地幫助人類和妖怪。

麻里子至今依舊在妖怪托兒所擔任保母。

在SOIR化妝品工作多年的佐藤先生，換了一間新公司，現在是個菜到不能再菜的新鮮菜鳥。

「我回來了——」

回來的人是舊書商。

「你回來啦，好久不見——」

「唷，稻葉大師。我在英國書店看到你的書耶，賺得不少嘛～」

「哎呀，沒那回事啦。」

「我在柏林碰到骨董商人哦。」

舊書商和骨董商人依舊遊走全世界。

琉璃子為大家準備了消夜，用細麵煮的「爽口雞湯拉麵」。

「嗚哦哦～好好吃啊～～～！」

好久沒吃到琉璃子拿手菜的舊書商感動萬分。琉璃子高興得直繞著手指，看到這一幕，我又陷入回憶裡。

（嗯。結束全球走透透的旅程，睽違四年再吃到琉璃子做的那些菜，簡直好吃得要命哪！）

我跟舊書商聊著千晶的演唱會，還有小圓跟小白的事，大家聊得開心，時間一眨眼飛逝。

有些事變了。有些事依舊。

這十年來也經歷了種種。

未來的十年會怎麼樣呢？

我在自己的房間裡從窗戶仰望夜空。每天晚上都這麼做，不知不覺成了例行公事。

「真是個寧靜安詳的夜晚哪，主人。」

富爾出現在「小希」上。

「嘿，富爾。一個禮拜沒見啦！」

「這陣子主人又變得更加忙碌了呢。」

富爾說完後誇張地一鞠躬。忘了是什麼時候開始，富爾也變得沉穩許多，看起來漸漸有些氣質，但果然還是有一種說不上是好是壞的惺惺作態。

妖怪公寓院子裡開了好久的櫻花，終於花朵散盡，長出嫩葉。

明年一定也能綻放美麗的花朵，同樣維持很長一段花期吧。現在就開始期待了。

這樣的夜晚，經常讓我想起那一天。

在一片漆黑的那一頭，那間店的亮光宛如拯救我的明燈。

打從那天起，我的命運大大改變。

我的世界無限寬廣。我的可能性不可限量。

經歷無數的邂逅，還有無數個我。

我不知道自己此刻所在的地方是不是「約定的地點」。

所以接下來也要繼續走下去，向前邁進。

「好啦，該工作嘍。」

在寂靜中，夾雜著葉片的窸窣與「其他東西」的動靜，在這樣的夜裡寫作的效率特別好。

當人生感到疲憊或陷入瓶頸，不妨到前田房屋仲介公司走一趟。

前田大叔應該會摸著下巴的鬍鬚這麼說吧。

「給你一把妖怪公寓的房間鑰匙吧。」

YOUNG AGE小說鮮視界！

YA!

青春滿點！活力滿載！好看滿分！

妖怪公寓①

剛考上高中的孤兒夕士，終於可以擺脫三年來寄人籬下的生活，搬到學校宿舍去住了。沒想到開學前夕，宿舍卻被一把大火燒毀了！大受打擊的夕士晃到「壽莊」，不但房租便宜還附伙食，實在太優了！一向帶衰的夕士怎麼可能這麼好運呢？沒錯！「壽莊」不但是棟年代久遠、牆壁滿是裂痕、安全性相當可疑的超級老房子，裡面的「居民」更是特別……

妖怪公寓②

在學校宿舍住了半年，夕士發現自己很難適應「人類世界」，也超想念壽莊的「怪」鄰居們，於是決定搬回妖怪公寓！同時，另一個房客「舊書商」也旅行回來了，他的行李箱裡裝了數不清的稀有古書，其中有本書特別奇怪，翻開書只看見二十二張塔羅牌圖片，卻沒有任何文字，似乎是因為擁有某種不知名的神秘力量而被「封印」了……

妖怪公寓③

新學期開始了！升上二年級的夕士，學校生活還是和平常一樣——只有那個新來的英文老師三浦很不尋常，尤其是他望著女生的眼神，似乎充滿了恨意！某天，夕士聽說學校倉庫裡會傳出怪聲音，於是悄悄前往查看，結果真的感應到一股黑暗力量。突然，三浦出現了，三浦老師究竟和學校的鬼故事有什麼關係？而這一回，塔羅牌魔法書《小希洛佐異魂》裡又會出現什麼樣的使魔來幫助夕士呢？……

YOUNG AGE小說鮮視界！青春滿點！活力滿載！好看滿分！

妖怪公寓④

好不容易放暑假了，夕士卻一刻也不得閒！他開始到搬家公司打工，搬家公司的同事都是海派的大叔，對腳踏實地的夕士都讚譽有加。另一方面，成為魔書使的夕士在使用魔法時生命力也會消減，只有修行才能救他，所以秋音給他的修行也升級了。只是才小小升了一級的夕士，每天卻都覺得痛苦萬分，就在夕士開始對一切感到懷疑時，龍先生給他的「第三隻眼」卻起了意想不到的功用……

妖怪公寓⑤

東条商校一開學來了兩個新老師——個性很江湖的訓育老師兼班導千晶，還有個性溫柔的正妹英語老師青木，兩人初來乍到就以完全不同的魅力贏得了學生的愛戴。然而卻發生了千晶老師突然把一個用手機作弊的學生架走的事件，被約談的女學生懷恨在心，竟然用美工刀殺傷了千晶老師……本來還以為新學期新氣象，結果怪人和怪事卻一個接著一個登場！夕士要如何解決這一連串的麻煩呢？

妖怪公寓⑥

夕士去參加畢業旅行，投宿的飯店卻感覺有點陰森，而且幾個敏感的同學更表示看到「那個」了！果然，當千晶老師晚上來巡房時，才一走進夕士的房間，就如同中邪般地癱軟在夕士身上。這時房裡的溫度突然急速下降，伴隨著不知從何而來的細語「去死～～」，隨即一位穿著超復古水手服的女生幽幽現身了……這下麻煩可大囉！

YOUNG AGE小說鮮視界！

YA!

青春滿點！活力滿載！好看滿分！

妖怪公寓⑦

夕士竟然當「媽媽」了！麻里子從妖怪托兒所帶回來一顆蛋，沒想到那顆蛋竟然在夕士的眼前孵化了！生出來的東西明明長得像蝌蚪，卻有一隻細細的手，緊緊抓著夕士不放。麻里子說妖怪寶寶已完成了「印入記憶」，把夕士當成媽媽了，夕士只好讓寶寶黏在自己的肚子上！另一方面，夕士也終於知道了麻里子和千晶老師心酸的秘密……

妖怪公寓⑧

我是個魔書使，只要唸幾句咒語，就能叫出魔法書《小希洛佐異魂》裡的二十二個精靈。我實在不敢想像萬一千晶老師知道了會怎麼樣？沒想到，我所擔心的事情真的發生了！我和千晶、田代他們一起來參觀古董珠寶展，突然有好幾個拿槍的搶匪控制了會場，把我們當成人質，我真想馬上拿出「小希」，用「神鳴」把壞人震飛！可是這樣一來，我的「與眾不同」就會被發現了，我到底該怎麼辦呢？

妖怪公寓⑨

秋天來臨了，學校一年一度的重頭戲——校慶園遊會也即將展開。沒想到，以田代為首的那群「千晶老師粉絲團」，居然提出舉辦「男學生咖啡座」的構想！男生不但得像「執事」般單膝下跪服侍客人，還得練習迷人、帥氣的笑容……看著千晶老師換上學生制服、教室布置成咖啡座，客人也已經大排長龍，一切都準備就緒！但就在這個時候，我和田代卻不約而同地收到了一封匿名簡訊——「去死吧！」

國家圖書館出版品預行編目資料

妖怪公寓／香月日輪 著；紅色,葉韋利譯.-- 初版.
-- 臺北市：皇冠, 2008.07-2011.05 冊；公分.
-- (皇冠叢書；第3749種-第4122種) (YA！；
1-42)
譯自：妖怪アパートの幽雅な日常 --
ISBN 978-957-33-2437-9 (第1冊；平裝) --
ISBN 978-957-33-2467-6 (第2冊；平裝) --
ISBN 978-957-33-2504-8 (第3冊；平裝) --
ISBN 978-957-33-2540-6 (第4冊；平裝) --
ISBN 978-957-33-2573-4 (第5冊；平裝) --
ISBN 978-957-33-2616-8 (第6冊；平裝) --
ISBN 978-957-33-2657-1 (第7冊；平裝) --
ISBN 978-957-33-2702-8 (第8冊；平裝) --
ISBN 978-957-33-2750-9 (第9冊；平裝) --
ISBN 978-957-33-2796-7 (第10冊；平裝)
861.57　　97010455

皇冠叢書第4122種
YA！042

妖怪公寓⑩

妖怪アパートの幽雅な日常 10

作　者—香月日輪
插　畫—佐藤三千彥
譯　者—葉韋利
發行人—平雲
出版發行—皇冠文化出版有限公司
台北市敦化北路120巷50號
電話◎02-27168888
郵撥帳號◎15261516號
皇冠出版社(香港)有限公司
香港上環文咸東街50號寶恒商業中心
23樓2301-3室
電話◎2529-1778　傳真◎2527-0904
出版統籌—盧春旭
責任編輯—陳妤
版權負責—莊靜君
外文編輯—蔡君平
美術設計—吳欣潔
行銷企劃—林倩聿
印　務—林佳燕
校　對—鮑秀珍・施亞蒨・陳妤
著作完成日期—2009年
初版一刷日期—2011年5月
法律顧問—王惠光律師
有著作權・翻印必究
如有破損或裝訂錯誤，請寄回本社更換
讀者服務傳真專線◎02-27150507
電腦編號◎515042
ISBN◎978-957-33-2796-7
Printed in Taiwan
本書定價◎新台幣180元/港幣60元